"SIEMPRE A\

Aventuras del ca

I

Adaptación del manuscrito de fray Diego de Lara, confesor de la flota de S.M. y bibliotecario del convento de franciscanos de San Buenaventura. Sevilla, 1.752.

Por

Juan Manuel Laborda Ortiz

¿Qué es lo que hasta aquí ha sido? Lo mismo que será ¿Qué es lo que se ha hecho? Lo mismo que se ha de hacer. Nada es nuevo en este mundo; ni puede nadie decir: he aquí una cosa nueva; porque ya existió en los siglos anteriores a nosotros.

Eclesiastés, capítulo 1, 9-10

NOTA DEL AUTOR

Estimado lector:

Esta serial, cuyo primer episodio tienes ante tus ojos, es un encargo. No soy escritor al uso, más bien un esforzado transcriptor, probablemente de mérito discutible. Eso sí, soy un marino orgulloso de su oficio, y un modestísimo aficionado a los recovecos de la historia. Por estas razones, y por el azar que todo lo acalda, vino a caer en mis manos el manuscrito del padre Lara.

Hace algunos años me reencontré inopinadamente con dos viejos conocidos. Habíamos hecho amistad en un tornaviaje de Estados Unidos en la motonave "Pilar", de la Compañía Trasatlántica, donde andaba yo de piloto a finales de los ochenta. Eran ellos un matrimonio de funcionarios de nuestro Consulado General, que regresaban a Madrid después de varios años de destino en Nueva York. Quién sabe cómo, habían conseguido embarcar como pasaje en un buque portacontenedores, dándose así el placer de evitar el avión, aparato que el diablo confunda. Después de esquivar un par de amagos de mareo saliendo de la bahía de Chesapeake rumbo a Cádiz, se aficionaron a subir por las tardes al puente, y entramos así en una cordial relación de charlas tras mi guardia. Nos unía la pasión por la historia, la literatura y la mar, así como el cariño a mi tierra de Cantabria, a la que siempre que podían regresaban de vacaciones.

Fue por el otoño de 2007 cuando alguna reunión de trabajo me llevó a Madrid, a la dirección del SVA, en cuyos buques tengo el honor de servir desde hace años.

Aproveché el viaje para acudir a las conferencias del Instituto de Historia y Cultura Naval, y allí nos sorprendimos mutuamente escuchando a Cervera Pery en primera fila.

A la salida llovía, y se empeñaron en celebrar el reencuentro invitándome a cenar en el Ritz, exceso que yo intenté transar con unos pinchos en Zacarías, con poco éxito. Entre pesados cortinones y cócteles de champán Krug, nos envolvió el calor de la conversación. Después de pasar revista a los recuerdos me enteré de que llevaban tiempo ejerciendo como expertos en Derecho Mercantil, dueños de su propio y prestigioso bufete: *"Garbiñe Amezcua y Mateo A. Fitz, asociados"*. Por lo demás, el mucho dinero y la ausencia de hijos les había convertido en apasionados coleccionistas de arte y aficionados a la compraventa de bibliotecas antiguas.

Pronto la conversación versó acerca de la última de sus adquisiciones, de la que estaban francamente orgullosos: era la llamada "Librería Lara", unos 1.200 volúmenes de una familia de burgueses de Sevilla, descendientes de importantes asentistas de las Flotas de Indias del siglo XVI. Nada extraordinario, al parecer. Sin embargo, dentro de aquella librería habían descubierto una pieza singular: era un manuscrito incatalogable, de valor difícil de establecer. Después de mucha coctelería se miraron con ojos brillantes, y se empeñaron en que debía llevarme esa misma noche un facsímil que habían encargado de dicha obra. Protesté vivamente, alegando mis escasos conocimientos para apreciarlo en su valor. Pero ellos que nones, y aducían como argumento una poderosa razón: se trataba de las memorias de un marino trasmerano, un aventurero del XVIII que había nacido muy cerca de mis lares. Nuestro encuentro era una señal, repetía divertida Garbiñe. Además de esto, su instinto les indicaba que tal vez me recrease especialmente su lectura, sabedores de mi afición a las hidalguías folletinescas al estilo Dumas.

Así que marché de Madrid con el libro bajo el brazo, saliendo en un taxi de La Moraleja medio borracho y comprometido a llamarles con una opinión tan pronto lo hubiese leído.

¡Qué ocasión! Las siguiente noches las pasé encerrado en un Santander envuelto en tormentas, devorando el manuscrito en una vela continua. Aquella extraña pareja había acertado de lleno: el relato me cautivó, puedo decir que hasta me obsesionó. Eran las andanzas del capitán don Juan de Arce, testimoniadas ante su interlocutor, el franciscano fray Diego de Lara, durante el viaje de vuelta de América en 1.749. El volumen completo que redactó el padre Lara rozaba las mil páginas, y venía a relatar las hazañas y aventuras de Arce a lo largo de la primera mitad del siglo XVIII: sus primeros pasos en Trasmiera, las increíbles peripecias en la Francia de la Regencia, la búsqueda de un tesoro ignoto en el Senegal, los peligros de la batalla naval de Cabo Passaro y las correrías por Italia, el paso por los guardacostas en América y la Guerra de la Oreja de Jenkins… y alguna que otra sorpresa final que me reservo. Pero, en el fondo, aquella epopeya me cautivó por el motivo más antiguo y más sencillo de entender: era una febril historia de amor, como lo son todas las que importan.

Dejé pasar Año Nuevo para llamar a Mateo y Garbiñe. Antes de poder hablar con ellos, me enteré por Internet del trágico suceso: ambos habían fallecido en un accidente de automóvil en un viaje de negocios en Chile. Quedé tan conmovido y afectado que guardé el facsímil entre las viejas estanterías de La Venera, y no volví a abrirlo durante meses, callando a todos mi experiencia.

Pocas días después de Semana Santa me llegó una carta de su bufete: su albacea me comunicaba una específica disposición de su testamento, en el que habían hecho un legado para mí: era el original del manuscrito. Supe de inmediato que debía publicar estas memorias.

Después de algunos titubeos, no encontré mejor cosa que acometer yo mismo la adaptación. Era una llamada personal, una confidencia que el pasado dejaba en mis manos, en realidad como una orden. Del mismo modo que el padre Lara descargó los recuerdos del capitán Arce, camuflado como un silente confesor de sus últimas singladuras, me he permitido yo hacer de correo del tiempo: aquí está la primera parte de la historia, sin afeites ni ornamentos; sólo limpia y ordenada, lo máximo que mi atrevimiento se permite. Ya veremos si el amable lector queda intrigado y demanda conocer las continuación de estas andanzas en los volúmenes que siguen.

Disculpen lo que de vulgar o aburrido encuentren, será sin duda culpa de mi poco talento. Todo lo sugestivo, lo que les conmueva o les agrade, será premio que han de conceder a la historia, a la diligencia astuta y discreta del padre Lara, y sobre todo al protagonista de la historia, el capitán don Juan de Arce.

Descansen en paz, Garbiñe Amezcua y Mateo A. Fitz. Quién sabe en qué marea se volverán a cortar nuestras proas.

Santander, 7 de agosto de 2013

«SIEMPRE AVANTE»

Entrega I
"Cuando todo era posible"

Contenido

REGISTRO DE LA PROPIEDAD INTELECTUAL
NÚMERO DE ASIENTO REGISTRAL 04 / 2017 /
1598

"Llegamos a Soperio, donde vimos algún candil aún encendido en el molino. Al pasar La Lastra la ría se abre, y es difícil seguir la canal..."

Extracto del Diario de Navegación de la fragata del corso de S.M. nombrada «María Lisarda», del mando de Don Juan Bautista de Arce y Lastra, capitán de Mar y Guerra de este servicio en la isla de Cuba. En viaje desde La Habana a Cádiz con transporte de caudales, pasajeros y encomienda de defensa de la flota.

16 de mayo de 1.749

ACAECIMIENTOS

....

En posición estimada latitud norte 23 grados y 57 minutos, longitud 296 grados y 49 minutos del meridiano del Hierro, comienza la presente singladura sin mayor novedad.

Dejamos La Habana veinte leguas por la popa. Navegamos al Este Nordeste, en conserva y haciendo custodia particular del paquebot «Nuestra Señora del Rosario», que al parecer ya no embarca agua. Viento bonancible del nordeste y mar llana; barloventeamos ligeros en bolinas muy largas, por la comodidad que aquí hace la corriente; pero con un ojo puesto en estribor, vigilando las próximas elevaciones del Bajo del Muerto, donde tantos vasos se perdieron.

Zarpamos ayer, amaneciendo el día de la Ascensión de Nuestro Señor. El resto de la flota de Reggio anda por la proa una jornada, pero antes de tener el cabo Medanoso al través de babor habremos alcanzado las últimas velas del convoy.

Ayer oímos misa, y el padre Lara nos roció de agua bendita.

Ahora quiere conocer mi historia. Y no hay fuerza que se pueda oponer a tal determinación.

....

I
EL SOLAR

Miro mis manos y veo las de mi padre.

Recuerdo bien el Recodo y La Lastra al ocaso. Se hacía allí una mansa revuelta, donde venían a confiarse las garcetas a media marea. Cuando remontaban las chalanas de la ferrería, los pájaros volaban en cuadrillas hacia poniente, contra las últimas claridades. Era por finales del verano.

Llegué a Cádiz sin haber cumplido los veinte años. El ilustre Chacón, a quien recordaba de los desastres en Italia, habría de mandar aquella flota de 1.720. En ella iba a pasar yo a Nueva España, donde confiaba en mudar de vida y tal vez de suerte. Cogí un cuarto en Casa Hortensia, que era un cubil de marinos que había en Puntales donde te solían mandar los del norte. Yo era joven, páter, pero no le quiero engañar: mi vida ya había sido una sucesión de acontecimientos, desbaratados algunos, extraordinarios todos. El último hasta entonces, la desgracia de la entrada de los franceses en Santoña. Cuando puse pie en mi fragata, un viejo pañolero me dijo: «No olvides esto: el que embarca, huye».

Yo ya lo sabía, páter, era un alma endurecida. Pero desde el fondo del sollado se volvían a mí rostros huraños, con miradas que traspasaban cargadas de recelo. Entonces estas palabras tuvieron la resonancia de la verdad extraordinaria, la que se sospecha desde antiguo. Mis días americanos no harían otra cosa que acreditar cumplidamente el aserto: el que embarca huye, bien lo crea. Lo hace siempre, y lo tiene resuelto desde temprano. Porque el alma se expansiona más de lo debido, y barrunta que detrás de los horizontes hay algo...

Pero bueno, no haga mucho caso de estas razones, porque sé pocas cosas, y todas me importan ya un ardite. Se puede andar huyendo por muchas causas, algunas de ellas esquivas al entendimiento. ¿Qué dice a esto Su Paternidad? Tal vez la única respuesta es que el marino se afana en escapar de su sombra.

Le contaré mi historia, páter, si tanto insiste. Tenemos un largo viaje por la proa. ¿Confesiones? ¡No, no, buena cosa! Déjese Su Paternidad de doctrinas.

¿Por dónde comenzar?

Mi nombre es Juan Bautista de Arce y Lastra. Soy caballero montañés, y me honro de servir a Su Paternidad y al orbe cristiano. La Providencia me concedió el privilegio de andar por el mundo adelante, hasta alcanzar el grado de Capitán de Mar y Guerra. Y tal fue en el corso de las islas que hoy dejamos por la popa, merced que me hizo nuestro rey católico don Fernando el VI, a quien Dios guarde de los muchos enemigos con los que cuenta. Vine a nacer en aquel altozano en la Junta de Siete Villas que dicen la Sierra de Munar, donde el molino de viento. Fue un buen siete de agosto del año de Nuestro Señor de 1.700. Soy, por tanto, trasmerano de nación, si esta credencial le dice algo.

No le voy a ponderar mucho la estirpe de la familia; aunque hijosdalgos, no podemos presumir de grandes blasones.

Mi padre se llamaba Antonio Arce, hombre gallardo y de buen porte, aficionado a las galas a pesar de nuestra modestia. Era un oficial de cantería de grandes dotes para la piedra, y podía decirse que gozaba de regular crédito entre los maestros de aquellos valles. Fue individuo viajador en su juventud, como casi todos los artífices que entonces se preciaban. También decían que era hombre de genio algo vivo e imperante, y que lo de «cantero» era término que le venía muy al caso, pues al tiempo que hacía señaladas cosas con la piedra, era maestro de la canta, del vino y de las fiestas. Fue por estas razones y otras mayores que mi madre, doña María de la Lastra, hubo de pasar tantos trabajos. Era de natural sufrida, pero al tiempo fuerte, como casi todas las del país por aquellos tiempos. Se ocupaba de ayudar a la mujer del molinero, pero también cuidaba del pequeño huerto, y cosía para algunas de las casas principales de Noja. En fin, ¡qué puede uno hablar de la propia madre! La recuerdo hermosa y serena, siempre devota de mi cuidado.

No supe hasta mozo que la casa que habitábamos era de mi tío don Diego, el hermano mayor de mi padre. Así que excusé durante los primeros años de infancia de conocer los antiguos enojos que había entre ambos. Don Diego era un caballero recio y grave, talmente un viejo, a pesar de que en mi primera infancia frisaría en los cuarenta. En Arnuero la gente le tenía en alta estima por su beneficio al pueblo como procurador en la Junta. Tal vez su dedicación a la república le dejó soltero, no lo sé. Cuando mis padres se casaron, los prestó aquella antigua heredad que tenía en el partido de Meruelo. El Molino de Viento debía representar entonces para los recién casados un pequeño edén en la ladera. Un bello paisaje oreado por todos los vientos, retirado del mundo y lejos de sus hogares primeros.

Nací al poco del casamiento, y a pesar del quehacer que di en el parto fui un retoño sano y fuerte. Según contaba mi madre, un jabato de dos libras largas. Era el primer hijo del solar, y a la postre resulté ser el único. Mi llegada fue celebrada largamente en la familia, pues también era el primer nieto en los dos linajes. A padre se le antojó entonces fondear el santoral, eligiendo para mí la gracia de San Cayetano. Según le había referido un fraile domingo de San Ildefonso, a la intercesión de este casto varón se había debido el nacimiento de Nuestra Majestad el rey Carlos II, al escuchar desde los cielos la piadosa encomienda de sus padres. Terciaron entonces madre y el tío don Diego muy a la par, cortando de un tajo esta inflamación entre devota y patriótica que afectaba al extremado de mi padre: no corrían tiempos para pronunciamientos en cosa de reyes. Además, madre pensaba que los teatinos de San Cayetano confortaban los últimos pasos por el mundo de los condenados a muerte y de los herejes, y eso no eran oficios que fueran con nosotros, cristianos viejos de La Montaña. Creo que al fin sentenció:

—¿Y no es al cabo San Mamés santo del día y más cercano? Y tampoco ha de llamarse así.

El caso es que me pusieron Juan por el Bautista, santo sin tacha y de más galardones que los otros dos, y que al fin no dejaba de ser el nombre de mi abuelo. Padre, que en estas ocasiones solía empeñarse con vehemencia en mantener a flote sus ocurrencias, parece que dejó el capricho irse a pique sin hacer demasiados aspavientos ni espiritarse; no sé si porque pensó que al fin se trataba de honrar el nombre de su padre, o porque la postura de los otros le resultó de un rigor insuperable. El caso es que no hizo mayor diligencia, y tras abuelo y el tío Juan Francisco pasé a ser el tercer Juan de Arce de la familia, el nacido bajo los inciertos augurios del nuevo siglo.

La casa era pequeña pero airosa, la huerta lindante con la del molinero. No había entonces más vecinos en el predio, por lo que mis primeros retozos fueron solitarios. Recuerdo bien el molino y las mieses en el verano. También el monte que se empinaba atrás, algo misterioso. Pero ya entonces miraba yo pasmado hacia abajo, a la canal de Marllago. El culebreo plateado de sus meandros me fascinaba tanto que pasaba las horas acodado en la valla, norteando. Al fondo del paisaje estaba la promesa de la barra de Santiago y la mar brava, que asomaba un poco por el formidable cortado de Quintrez. Cuando la borrasca alzaba su voz, incluso allí, metidos media legua en tierra, se encogía el pecho de los más valientes. El ritmo de las mareas venía a marcar nuestras horas. El aire que subía por Margotedo y la ladera era salado, un punto lujurioso. Aquel curso de aguas mágicas me pareció desde muy pronto el camino de la libertad.

El mundo de mis primeros años giró en torno a la trinidad familiar que formaban padre, madre y el tío don Diego. Este último solía rendir visita desde Arnuero, apareciendo por casa de forma inopinada, muchas veces a deshoras, y siempre a caballo de un manso rocín bayo. Era bien recibido por mi madre, dentro de un silencioso ritual de agasajos parcos que entre ellos se hizo costumbre. En aquel entonces me imponía su presencia mucho más que la de mi padre, pues era caballero serio y solemne, de esos que nunca acaban de poner arte en el trato con niños y mujeres. No obstante, su autoridad se hacía presente de inmediato. Con el tiempo descubrí que era el freno constante a las zamostadas y desvaríos de mi padre.

Entre los dos hermanos había entablada una paradójica relación, cosa que se alcanzaba incluso a la ingenua mirada de un niño. Se trataban ambos con respetuosa distancia, y no discutían más que privadamente y en ocasiones contadas. Se toleraban, pero en el ánimo estaban siempre lejanos. Si padre se dejaba llevar por la emoción de alguna charla, don Diego quedaba serio, con gesto de desaprobación. Cuando padre regresaba borracho de la taberna de Meruelo, -algo que sucedía con frecuencia en aquellos años-, el tío le bajaba los humos con sólo entornar sobre él aquellos grandes ojos de buey. No parecían hermanos medianamente bien avenidos, ni siquiera parecían guardar un parentesco lejano, en el que siempre se pueden adivinar, aunque remotas, algunas semejanzas. Sin embargo, aquella distancia entre ambos no quitaba para que compartieran un aspecto muy importante de sus vidas, y también de la mía: una franca devoción por mi madre, hecho que saltaba a la vista, y que enterraba su incógnito origen muchos años atrás. Lo que fuera que les pasara entonces, nunca he de saberlo.

Tengo bien presente, sin embargo, la única ocasión en la que se desató un temporal deshecho entre ellos, dándose a ver claramente sus desarreglos. Fue una mala jornada en la que padre volvió a casa muy entrada la noche, ebrio y enredador, como había sucedido en tantas otras. Tendría yo unos ocho años: debía ser por San Juan, pues jugaba con un caballo de madera que me habían traído de la feria. Padre andaba esos días trabajando con mi tío Sebastián, el hermano de mi madre, en algún reparo

14

del molino de Soperio. La casualidad quiso entonces que don Diego aún estuviera por casa, pues había pasado toda la jornada en Margotedo enredado en asuntos de isos con los procuradores de la Junta. Mi madre le había puesto un plato, y aprovechando la fresca estaban ambos sentados esperando a la luz del candil. Madre lloraba quedo, y hablaban en susurros, seguramente para evitar que yo cogiera sus conversaciones. Al rato se oyó el tranco del caballo por el callejo abajo, señal de que llegaba mi padre. Entró caballero por la cerca, haciendo grandes visajes y mohines, como cargado de razones.

—¡No he visto perillán de la manera! —le espetó don Diego, saliéndole al paso—. Sois el sujeto más atravesado y enredador del valle, ¡otra vez borracho!

—¿A qué andas, lamión? —le contestó el otro engallado, cortándole el discurso—. No me cantes latines, que siempre andas rondando como el cárabo.

El tío estaba lívido:

—No mereces los desvelos y trabajos de esta familia. A la vista está que da igual ayudarte que no...

Padre se enardeció:

—Vete ya, que no son horas. Que en casa abierta, el santo peca, «sotanas».

Se hizo entonces un silencio digno de Todos los Santos. Yo nunca escuché que mi padre osara hablar así a su hermano mayor, zahiriéndole con insinuaciones que entonces apenas entendía, e incluso permitiéndose motejarle de forma cruel. ¡Sotanas! No había burla que llevara peor...

El vino había soltado bien la lengua del romero. Bajó airoso y desafiante del caballo a pesar de su estado, y entró la bestia a su pesebre. Cruzó el rozo y quiso pasar al portal con gesto digno. En eso le cortó el rumbo un don Diego transfigurado:

—Oiga vuesa merced, «polainas», poco hombre —le dijo con el rostro colorado y la voz ronca—. Párese ahora mismo.

Le puso una recia mano en la pechera y continuó:

—Poco caso hice a lo que decían de ti por La Maza. He pagado tus deudas de naipe y el vino que has trasegado, y he mirado siempre para otro lado. Porfié hasta llegar a mayores cuando te decían «descuadernado». Pero voto a Cristo que contigo ya no valen mieles: o te ordenas, o te mato. No digo más.

Y no dijo más, a fe mía. Tan serio y hondo resultó este corto discurso que mi padre sólo tuvo presencia para insinuar un gesto de altivez que se quedó en una torcida mueca, para después batirse en retirada buscando durante un furtivo instante el perdón en el rostro de mi madre. Una vez entró en casa, el tío sacó el caballo, y sin más ni menos términos se marchó. Yo quedé haciéndome el roncero en el ventanuco de arriba, un poco corrido por el abrupto final de la escena.

Quedé harto impresionado, no sé si por ver a mi padre en trance tan poco esbelto, o a mi madre en medio de pasaje tan desairado. Pero el caso es que durante mucho tiempo este episodio hubo de servir para que se templaran los ánimos y se acabaran las borracheras, y supongo que algún otro exceso de tono mayor. Los hermanos volvieron lentamente a su adusto pero correcto trato. Alguien me contó, ya mozo, que la piedad de granito que llaman «La Santa», y que adorna el callejo de entrada a casa de don Diego, fue labrada con mucha dedicación por mi padre semanas después. Yo saqué en consecuencia que sería en desagravio de las palabras dichas aquella noche.

Pero no ha de formarse Su Paternidad una idea equivocada por este sucedido. Fuera de mezquindades fugaces como esta, es de ley reconocer que mi padre nació con un don que le confería un atractivo irresistible. Sabía ser zalamero entre mujeres, gallardo y dispuesto entre hombres, y siempre presto a embarcarse en un vaso de vino y unas coplas. Fue un fino doncel, moreno de largo pelo negro. Yo mismo recuerdo que montaba con brío a caballo, y al decir de madre, cuando joven daba mucho contento verle hacer gentilezas. Sabía hacer reír a los niños con sus farsetas. En fin, tan diferente a su envarado hermano don Diego como lo pudo ser Caín del buen Abel. Y perdone Su Paternidad la desproporción del ejemplo, pero en ciertos términos viene éste muy al caso.

Además, mi buen preste, debo describirle un rasgo imprescindible para comprender con justeza la personalidad de mi padre: era, por encima de todo, un verdadero genio en el difícil arte de la piedra. Con cinceles, macetas y limas en las manos sacaba realmente lo mejor de sí. En el oficio se acababan los fatuos alardes de taberna, tornaba hombre serio, un punto alejado del mundo. Era cosa bien sabida que sus capiteles y escudos remataban las obras principales de los maestros en Trasmiera y fuera de la merindad. Curiosamente, todo lo que gustaba de figurar bebiendo y metido en fiestas, lo tenía de remiso en la ponderación de sus fábricas. Era requerido por todos los maestros de obra, pero sólo se avenía a trabajar con aquellos con los que se guardaba mutuo respeto. Nunca pedía reconocimiento, pero formulaba juicios muy estrictos del arte ajeno. Había sido el aprendiz más sobresaliente, -y acaso el más díscolo también-, del insigne don Melchor de Bueras, y formó algún tiempo cuadrilla con gente de Voto, lugar adonde le envió de joven mi abuelo con cuenta de que aprendiera este oficio, que no hacía desdoro a su nobleza, y que al tiempo era de muchos vínculos con el linaje. Además, pretendió con esto reformar al joven de los primeros descarríos y malos pasos, algo que quedó muy lejos de conseguirse. Después volvió a Siete Villas, y para general sorpresa vino a casarse, dedicándose de pleno a su arte en todas las tierras de Peñas al Mar o pasando a Castilla, según viniese al caso. Y cuando quedaba en casa, se reducía a tallar por libre en la cantera de Vado y colaborar con mi tío Sebastián de la Lastra, hombre de mundo que sabía llevarle a camino las más de las veces.

Seguramente por ser de índoles tan extremas y difíciles de casar, nacieron en la infancia las primeras desavenencias entre los dos hermanos. Años después fui conociendo parte de la historia de los Arce, contada a retazos y con medias palabras por algunos vecinos. Presumo que me repintaban un cuadro con mucha piedad respecto del original, adaptando las pinceladas más escabrosas a la tiernas miras de un niño bien educado en el temor de Dios.

La historia páter, es que don Diego, mi padre y el tío Juan Francisco, eran los tres hijos de un cristianísimo matrimonio de propietarios bien acomodados de Siete Villas, compuesto por don Juan de Arce, -más conocido entre sus paisanos como «el enterrador»-, y doña Camila

Cámara, mujer excesiva en casi todo menos en tamaño, pues su carácter no cuadraba en la corta estatura que la naturaleza le había concedido. Vivían en una preciosa casona en Arnuero, de ancha portalada y clavos de forja en la madera. Tras ésta se tendían aledañas y en rampa unas mieses que se habían logrado juntar en el casamiento, llegando a convertir el conjunto en una hacienda muy de ver. Allí se hacían culturas del maíz y cereales con algunas pequeñas viñas. También había ganado en las cuadras, mantenido por el trabajo de los pecheros; y mi abuelo cuidaba de su propia mano los panales. Provenientes ambos linajes de aquella nobleza sin reales que abundaba tanto en La Montaña, mis abuelos habían conseguido poner el peso de la faltriquera casi a ras con la prosapia.

Mi primer recuerdo de aquel ancho corral tras la portalada es del día en que partió la comitiva fúnebre de mi abuela, siendo yo muy chico. Comoquiera que mi abuelo era muerto también, después de aquellos duelos volví poco por allí. Don Diego -el principal heredero-, dejó la casa en manos de criados, y ya no hubo más alegría ni tampoco mucho orden. Las estancias se tornaron lúgubres sin la atención de una mujer de imperio, y olía siempre a humedad y a tiempos pasados. Sin embargo, recuerdo que aunque se ajaron las maderas y se quebró la mampostería, nunca se perdió entre aquellas paredes un toque señorial que llamaba mi atención: era aquella preciosa solería ajedrezada que había en el salón de la chimenea, detalle de fino gusto y muy del estilo de la soberbia doña Camila. Y eran éstas cosas difíciles de ver en las casas de la región, aun en las de hijos de familias.

El caso es que aquella buena señora de corta estatura y larga y afilada lengua no pudo haber alumbrado descendencia más diversa. El pequeño Juan Francisco debió ser lo más cercano a lo cabal, pues se crio a caballo de su casa y de la de unos lejanos familiares de Isla, lugar donde terminó casándose y dedicándose al esforzado labrantío de la tierra de Quejo. Padre, sin embargo, creció en Arnuero, si bien la casualidad había dispuesto que viniera al mundo por San Pantaleón de Castillo. Por este motivo los muchachos en la infancia le decían «polainas» cuando querían hacerle rabiar, algo que parece se conseguía con bastante frecuencia. Siempre estuvo asilvestrado en costumbres, protegido y mimado por su madre. Desde bien chico resultó zalamero, y se tenía ganada a doña Camila, a quien todo le parecía poca cosa para obsequiar a su preferido. Los celos del niño mayor don Diego, tan serio y trabajador como ayuno de gracia, crecieron en aquellos años de infancia como lo hacen las malas hierbas. Mi abuelo era, al parecer, muy del arte de su primogénito, un hombrón tan largo como romo, callado y hermético en el trato. Estaba dedicado a los cuidados de las tierras y también a servir con esfuerzo -y poco brillo, según sospecho- a los asuntos de la república. El tío Diego seguiría sus pasos con algo más de tino, pues fue el único de los tres hermanos que sirvió para hacer algunos estudios mayores de gramática con los frailes de Montehano.

En medio de este ambiente no tardaron en darse las primera peleas, en las que puedo imaginar a mi abuela terciando por su pequeño bribón consentido, mientras el ceñudo Diego sufría en silencio los continuos desdoros. De estos primeros vientos nacieron las violentas tempestades de la juventud, en la que aparece en la escena de sus desacuerdos la serena presencia de mi madre. Me la figuro entonces como una bella joven, inocente y seguramente ajena a la apasionada rivalidad con la que pugnaban ambos hermanos. De aquí en adelante desconozco qué tristes acontecimientos pudieron darse. Creo que la abuela renegó de su preferido por motivos de los que nadie ha querido darme razón, y no volvieron a dirigirse la palabra hasta que ella vino a hocicar en el lecho de muerte, cuando mandó a los criados a buscarle.

Curiosamente fue mi tío don Diego quien ayudó a la joven pareja, dándoles un techo del que no disponían. Luego, con la herencia, y a pesar de no haber sido muy beneficiados, el dinero nunca volvió a faltar.

Cosas de familias, pero nada importa ya. Todas estas tribulaciones vinieron a determinar que yo creciese solo junto a mi madre la mayor parte del tiempo, rodeado del pequeño mundo de la ladera. Más allá de la cerca ya le conté que estaba el viejo molino, con sus aspas nerviosas tajando remuzgos y vendavales. El molinero era un viejo al que decían Manrique, personaje pequeño y flaco, de lacios bigotes amarillos. La molinera era gorda, mujerona sonrosada y amable. Yo pasaba las horas muertas de la niñez en su cocina, en la que olía desde principio del otoño la dulce resina del pino o el tamaris de la ría que se quemaba en el hogar. Manrique me enseñaba entonces extraños juegos con unos trebejos de madera que había bajado de La Liébana, un arte parecido al ajedrez al que llamaban fíchel, y que se jugaba con unas pequeñas esquirlas de madera. Yo le seguía siempre en sus labores como un perro fiel, fijándome en la cadencia lenta de aquel segar encorvado, en la precisión de los golpes de azadón cuando limpiaba las malas hierbas, y en otras muchas de sus tareas. Cuando llegaban los carros para la molienda, correteaba yo entre ellos saludando a los más conocidos, y les pedía que me dejaran subir a grupas de sus caballos. Recuerdo que los carreteros y los mozos me llamaban «flamenco» por la palidez de mi rostro y el rubio ceniciento de mi pelo. Luego me metía en los corros donde se cantaba y charlaba a la espera del turno. Llamaba mi atención el ruido que hacía la maquila en el molino; la piedra volteando el maíz se me hacía un gigante capaz de engullirme al menor descuido, y me quedaba mirándola como amomado. En mi inocencia yo preguntaba a Manrique que dónde se aprendía el arte de maquilar. Al oír esto, el socarrón estiraba los bigotes y respondía:

—Ya te llegará la hora de maquilar, te pasarán aviso.

Y tornaba a reír a carcajadas su propia ocurrencia. Yo quedaba un poco amoscado, sospechando mi simpleza.

Envidiaba yo de estos vecinos la cuadra que no teníamos, ya que mi padre no cuidaba otro ganado que su caballo. En aquel establo del molinero me ponía asubio los días que la lluvia sorprendía mis solitarios juegos por la ladera, y miraba hacía fuera desde el quicio, viendo ocioso las gotas saltando sobre el corral. Entonces madre me llamaba desde la ventana, y yo volvía a casa para comer.

En lo alto del monte, junto a un sotillo del concejo, estaba la cabaña de Dimas Solano. Todos en Meruelo le decían «Ventolada», por haber quedado loco en su juventud después de unas muy enconadas fiebres. Aunque también se decía que aquella locura era herencia de su padre, que ya quiso matar al corregidor don Asensio de Arriola en el alarde del cuarenta y cuatro. El caso es que era individuo tocho, larguiritón y desgarbado. Seguramente no era muy viejo, pero su cara era una pura arruga. Pese a todas sus limitaciones, yo me encontraba cómodo junto a él, pues se entretenía con gusto en satisfacer la curiosidad infantil para la que otros no tenían paciencia. Solía subir con él a atender el ganado que allí cuidaba, e iba escuchándole cantar por el callejo a voz en cuello como un orate, enseñando al mundo su escasa dentadura. Me peroraba continuamente, aturdiéndome con sus desvaríos. Le gustaba mucho decirme que al rey Carlos, -al que tantos trabajos costó a San Cayetano traer al mundo-, lo había matado un francés que vino a Güemes y que se llamaba Burdeta. Que aquel gabacho tenía artes de mago, y que junto a una mujer llamada Isabel le habían secado el cerebro y producido grandes males hasta acabar con su vida. Por el gran remordimiento que le producían sus pecados, aquel Burdeta acabó sus días en el hospital de Santa Juliana, camino de expiar sus culpas en Santiago....

Otras veces se paraba fijo en el camino, y decía sin venir a cuento:

—Dios es una cabra: la he visto yo paciendo en Valle.

En estas ocasiones yo me asustaba, temiendo que alguien escuchara palabras tan mayores y nos reprendiera a ambos por la herejía. Siempre sus extravíos iban por derroteros de asuntos graves, mundanos o divinos, cosas ambas que le traían a mal traer. Pero con Ventolada estaba a mis anchas; me enseñaba cosas de plantas, de alimañas y del bosque. Y además me llevaba al embarcadero de la ferrería en Roduero, donde Aligote le convidaba a vino y queso fresco que hacía su mujer. A mí me regalaban barquillos de madera tallada bastamente, que yo hacía bajar por la corriente.

Bien decía madre que entre viejos y locos a poco me malcrían.

23

II
EN MERUELO

Siempre escuché decir que debía acudir a la escuela: según el tío Diego, no era cuestión de desaprovechar mis luces. Para cuando cumplí los siete años, mi madre había perdido dos hijos natos y sufrido otros tantos abortos, desgracias que la impedían esperar más descendencia. Por estas razones, un concejo familiar presidido en la distancia por doña Camila, -la cual guardaba para entonces mucho más mando que salud-, tomó el acuerdo unánime de invertir algún esfuerzo en mi educación.

Acudí con aprovechamiento a la escuela de primeras letras de Meruelo, y despues al aula de gramática que pagaba allí la obra pía del arzobispo de Burgos. Primero bajaba a caballo con el tío hasta el barrio de la Audiencia, donde estaba la escuela. El hombre se ocupaba en venir desde su casa en Arnuero para llevarme cuando era menester, ya que padre solía pasar mucho tiempo en canterías fuera de casa. Era emocionante cabalgar a grupas de aquel jaco bayo en la madrugada, agarrado en silencio a su cintura y con el vértigo de la velocidad anudado en el gaznate. A mí me hacía muy importante aquel viaje, pues era el único niño de la escuela que merecía de la familia tantos desvelos en su educación. Cuando tuve edad, fui andando monte abajo.

En esos años de escuela empecé a soltarme como un lebrel. No le voy a ocultar que era avezado y despierto, pues no me costaba trabajo seguir las lecciones del maestro, bien fueran de trivio, cuadrivio o cualquier otra ocupación. Al terminar la jornada volvía a casa despacio, haciendo cuadrilla con otros niños de Bareyo y Meruelo. Dábamos un largo rodeo, bajando al río por Roduero hasta Selorga, para acabar en el puertecillo. Cuando nadie nos veía, saltábamos como pulgas entre las pequeñas bateas del mineral, jugando a "giles y negretes", o bien nos imaginábamos piratas contra tripulaciones del rey, rindiendo mil naves enemigas al abordaje. Al ir llegando los días de calor, acababan los juegos en un baño en el vado de la casa de Aligote. Después nos sentábamos a la débil solana de la tarde, a despachar un pedazo de pan o alguna fruta temprana. Mientras los demás dormitaban, yo me quedaba aparte muy quieto, dejándome abrazar por la galvana. Escuchaba los pájaros de las marismas al fondo, arrullándome la cabezada. La mar batía lejos, pero la sentía llamándome por mi nombre: sólo tenía que concentrarme en el silencio, y llegaba hasta aquel apartado rincón el rumor de las olas rompiendo en las piedras. Cerrados los ojos, me ensimismaba y hasta podía oler los acantilados salados de Ajo, aquellos que, erguidos, parecían desafiar altaneros las amenazas de Albión.

A pesar de mis cortos años apuntaba a buen mozo y aventajado en madurez, con lo que siempre pasé por tener más edad de la que en realidad tenía. Hoy pienso que de ello tuvo mucha culpa mi madre, sobria y tenaz en su adoctrinamiento. Por contra, mi padre pasaba poco tiempo en casa, y no se ocupaba en las naderías de mi educación. Cuanto más anhelante estaba yo de su presencia, más pronto conseguía alborotarme y sacarme de quicio en sus regresos. Era como un juguete para él.

Creo que nunca me tomó en serio durante aquellos años de infancia. Realmente, excepto su trabajo, nada se tomaba en serio. Me contaba increíbles aventuras de sus viajes por Castilla, la mitad de ellas supongo que fantasías de punta a cabo. También le gustaba hacerme sonrojar con palabras escabrosas, más que todo cuando fui teniendo alguna edad y en presencia de las muchachas. En las deshojas o en el molino, cuando el vino hacía su labor, levantaba la voz en inoportunos requiebros para meterme a mí por medio; cuando notaba el arrebol en mi cara, reía a carcajadas su ocurrencia. En esos momentos yo le odiaba en lo más profundo, con toda la virulencia que se pone en los sentimientos infantiles. Confieso que me hubiese gustado poder dominar mis reacciones, y contestar a todas sus picardías con alguna gentileza a la altura de la ocasión. Pero todo el caudal de mi verbo -no muy luengo, diré por añadidura-, estaba aún por hacerse, con lo que me debía contentar con disimular con cara de trinquete, sosteniendo el gesto en un silencio que se me hacía indigno. Y esto si no acababa la cosa en derramar cuatro lágrimas de rabia escondidas en el delantal de madre.

Así las cosas, el único hombre de la familia en quien confiaba era en el tío Juan Francisco, un verdadero aliado en el desamparo de la niñez. El me enseñó los rudimentos de la pesca en la canal, y también a reconocer las estrellas del firmamento, y a muchas otras curiosidades que entonces parecían de tanta importancia. Ahora me doy cuenta de que él mismo era sólo un muchacho, que disfrutaba con sus magisterios casi tanto como su alumno.

Acudí diariamente durante aquellos años a la iglesia de San Miguel, donde ayudaba a misa y recibía con otros niños algunas lecciones de doctrina del anciano don Francisco, cura beneficiado de la parroquia. Nos reuníamos en torno al obeso capellán, y más que aprender cosa de bien, nos solazábamos en risas y burlas, contando por lo bajo las veces que repetía en los sermones aquel remoquete suyo de «amadísimos hermanos míos», seguido de tremendos latines que ni él mismo comprendía, pero que le parecían muy del tono de su rango curial. También íbamos haciendo cuentas de los medallones de grasa que tras el almuerzo iban adornándole la casulla, galardones al buen merendón. A su vera merodeaba siempre el mayordomo secular, un tal Lucas de Vierna, individuo afrentoso y desagradable por demás, que si hubiera concurso de mal encarados hubiera derrotado a cualquier oponente de aquellos valles. Componíamos la lección unos cuatro o cinco muchachos, entre los que estaba uno con el que después mantuve algún trato, y que se llamaba Francisquillo de Cobo, al que por la vena afrancesada de su familia le decíamos Francisqué.

De estos años no me resisto a contarle un gracioso sucedido que aconteció en la visita a las parroquias de la Junta del arzobispo de Burgos, monseñor Navarrete. Corría el año de 1.708 y acaldábamos los niños la iglesia para la fiesta mayor de San Miguel. Los cofrades de la Santa Vera Cruz y los del Santísimo Sacramento hacían sus pías devociones, y preparaban con el muy sobrepasado don Francisco aquella visita. Como no había en el pueblo posada que estuviera a la altura de su dignidad, y la casa parroquial estaba en obras, se decidió hacer un esfuerzo para hospedar a monseñor y su séquito hasta que partiesen camino de Santander. Todos los pueblos de la Junta iban a acudir a las celebraciones, con lo que la ansiedad era mucha. El procurador don Mateo obtuvo permiso de su pariente lejano don Antonio del Mazo para adecentar la casona que tenía cerrada en el sitio de Villanueva. Mujeres de la parroquia de San Mamés bajaron a limpiar; se aclaró el jardín y la entrada, que andaba echada a monte, y se tendió una larga alfombra en la escalinata. En fin, todo eran detalles para que monseñor y sus acompañantes se sintiesen como en palacio.

Pero surgió un pequeño contratiempo: se pensó que hacía falta algún servicio para dar tono al recibimiento. No faltaron muchachas para la cocina, más en todo el pueblo no había pecheros para hacerse cargo de las caballerías. Ante la premura de tiempo, don Mateo no tuvo mejor ocurrencia que llamar al pobre Ventolada. Éste, al ser requerido, bajó presto desde Munar al pórtico de la iglesia, donde estábamos todos los que ayudábamos en los preparativos. Cuando le tuvo delante, el procurador le dijo con gravedad:

—Dimas, una cosa muy importante he de decirte: ya sabes que viene el señor arzobispo para San Miguel, y el concejo ha de quedar a la altura.

Mientras hablaba no dejaba de mirar al pobre loco a los ojos, como si no se fiase en absoluto de que aquél estuviese entendiendo una palabra:

—Debes atender aquella cuadra durante el hospedaje. —añadió, un poco amoscado— ¿Podrás hacerlo sin inconveniencias?

—¿Qué me dices ahí? —saltó el pobre orate, con los ojos muy abiertos, aún jadeando por trote con el que había llegado—. Ni más ni menos. ¿Ya podré con todos ellos? Curas, arciprestes de La Venera o San Dios con toda su carga....

Mientras largaba toda su retahíla iba haciendo mil gesticulaciones.

—¡Déjelo a prao, don Mateo! —reían las muchachas que limpiaban la iglesia.

—Por todos los santos, calamidad, sólo debes atender la recua de mulas, llevarlas a pacer y limpiar la cuadra.

El hombre volvió un poco desesperado la vista hacia mí:

—Mira. —se le ocurrió de pronto—. Has de llevarte al hijo de Arce que te ayude en la tarea...

—En ese caso, no se diga más, ¡como si hay que ir a cortar las cajigas del Puntal!

—Muchacho. —el pobre alcalde me habló muy serio—. Mañana dejas los quehaceres de la iglesia y vas con este desgraciado. Aviva el ojo y no le pierdas de vista, que yo sé que a ti te hará caso. Que trabaje y que no la haga.

Pero ya lo creo que la hizo, y bien gorda.

******

El día de la fiesta mayor llegó. De buena mañana bajó por el cuestón de Santa Ana la comitiva del arzobispo, que venía de Castillo. Despuntaba un precioso día del veranillo de septiembre, y no se había secado el rocío cuando Ventolada y yo ya estábamos comiendo castañas a la orilla del camino, esperando recoger las bestias del cortejo. El señor arzobispo abría el paso, montado muy serio en un carro abierto junto al abad de Monte Hano y otras dignidades. Detrás, otros dos carros y mulas traían al resto de la comitiva, compuesta de criados, clérigos y otros muchos fieles unidos en romería en diversos puntos del viaje. Al llegar a la vereda se paró el cortejo, y muy serio monseñor se alzó para que le ayudasen a bajar. El alcalde y todos los presentes le besaron mansamente el anillo, y se hicieron las oportunas reverencias y saludos. Todos los presentes fueron cogiendo camino hacia la casa, mientras que nosotros dos nos ocupábamos de los caballos.

Entre todo aquel desfile venían tres fámulos del arzobispo, gentes de Andalucía que se había traído monseñor a servir a Burgos. Uno de ellos, el que llevaba la voz cantante, dijo llamarse maese Serafín Montes. Desde el principio no me gustó aquel individuo, pues púsose presto a darnos órdenes con mucha brusquedad y tono sobre cómo manejar las mulas, limpiar los carros y hacer otros menesteres que bien creo ahora le debían corresponder a él mismo y al resto de su cuadrilla. Ventolada le miraba con aire de ir a salir con alguno de sus peores disparates, pero de momento rumiaba entre dientes y cumplía premioso con los mandados.

Con el ganado ya en la cuadra, dejamos los tres carros de la comitiva en el calvero, junto a los manzanos. En estos trajines y otros nos dio el mediodía. Se celebró la misa mayor con solemne procesión, y todos los demás actos piadosos de la jornada. Volvimos luego todos a la casa. Fue entonces cuando se llegó junto a nosotros el dicho maese Montes, quien ahora venía más templado de ánimos, yo creo que hasta un poco entonado por algún tiento al vino.

—Venga ahora vuesa merced, don Dimas, y almuerce con nosotros —dijo arrastrando los verbos con un deje de mofa—. No todo ha de ser faena, que también hay que holgarse cuando es menester. Tenemos viandas y un buen caldo traído especialmente de los conventos de Valladolid para monseñor, que pláceme mucho compartir con vos. El muchacho también está convidado.

Se había dispuesto el almuerzo de los sirvientes en el zaguán, protegidos todos del resol de las deshoras. Puede Su Paternidad ir haciendo cuenta de cómo se fue poniendo el pobre Ventolada, amigo como era del buen yantar y no menos amigo de hablar sin tasa. El pobre inocente, que sólo pasaba por cuerdo cuando callaba, y ello con grandes dificultades.

Al poco no había manera de pararle. Estaba lanzado tras los primeros golpes a la botijada, alentado por la villanía de aquellos tres perillanes cordobeses. Yo, a pesar de mis cortos años, era ya un mozo responsable, y me consumía de verle así burlado, más que nada pensando en la reprensión de Don Mateo si la cosa pasaba a mayores y dábamos en formar algún escándalo. Quise decirle alguna cosa, pero todo era inútil. A cada rato iba poniéndose el viejo más flamenco, y no paraba de largar las insensateces propias de su repertorio a todos los presentes, que le seguían la traza con gestos graves y frunces en la boca de tanto como disimulaban las risas que se traían. Los tres jaques no daban en mejor cosa que incitarlo a cantar y bailar, con tremendas carcajadas después de cada desentonada estrofa. También le aplaudían con gestos de aprobación los recitados estrambóticos que se iba inventando el pobre diablo, muy serio en su papel.

—¡Ahora voy a cantar al nuestro patrón San Miguel! —gritaba el pobre mastuerzo.

—¡Eso, eso! —coreaban los otros— ¡Éntrele vuesa merced con arte, y baile también, que al santo ha de darle gusto!

La tarde avanzaba, y el vino seguía corriendo. Las bromas fueron tornando más gruesas, mezclándose ya con alguna inconveniencia entre los presentes, que estaban con la boca caliente y el entendimiento nublado por los vapores de la tan grande jergonada de uva que allí se estaba despachando. Pero aún estaba lo mejor por llegar. No sé ni cómo fue, pero Ventolada se las arregló para sacar a colación conversaciones de iglesia y de santos, aquellas que le tenían tan a menudo ocupada la sesera, y sobre las que no solía dar en cosa buena:

—Sepan vuesas mercedes que San Pablo no era otra cosa que un judío que mató a Esteban a pedradas, y eso es cosa que ni Dios le perdona.

En este desgraciado momento dio en aparecer por allí uno de los clérigos del cortejo, un orondo anciano de luengas barbas de la orden de Predicadores al que decían fray Damián Mateos. Escandalizose mucho el frey de lo que allí vio y oyó, y no se le ocurrió mejor cosa que llamar la atención del comportamiento del pobre Dimas, ya totalmente fuera de sí para esas horas, borracho, sucio y despeluchado:

—Parece mentira lo que hay que ver y oír, buen vecino de esta noble villa. En el día del santo patrón, a sus años, y hallo a vuesa merced en tal estado, más ebrio que Noé. Y por si fuese poca cosa, no tiene mejor ocurrencia que incurrir en tremendos disparates que ofenden la Santa Fe de Jesucristo. ¿No le parece un negro ejemplo el que da su estado a estos jóvenes reunidos?

El predicador se envalentonó al percibir el silencio respetuoso con el que habíamos recibido sus palabras. Muy engolado, siguió su perorata, reprochando con fuertes admoniciones a Ventolada la zarabanda allí formada. Para finalizar, llamó la atención de todos los presentes sobre el descanso del arzobispo, turbado seguramente por el poco juicio que allí se había tenido.

Yo, mientras tanto, temblaba ante la desencajada faz del pobre orate, adivinando cuán poco le faltaba para lanzar los cuévanos al aire. Pero los sucesos que a continuación vinieron he de reconocer que habían de superar con largueza mis peores temores. Ventolada se irguió en su sitio cuando el freire terminó la prédica:

—¡Me cago en todos los misterios y en la Cancillería de Valladolid!

Rompió entonces el esperado vendaval.

—Óigame páter, que aquí se festeja porque me sale del alma, y no haya hombre de discurso, fraile o mancebo que tenga tripas de darme mano. Y ¡ay! que cojones, ¡ahora mismo lo mato como a un gato!

Lanzose entonces el tasugo sobre el generoso cuello que lucía el predicador, con fortuna de que, debido a su gran meridiano, no pudo abarcarlo ni siquiera con sus grandes manazas; que si no fuese por este extremo, creo que allí mismo lo hubiera dado muerte. La cara del freire tornó escarlata, mientras pretendía vanamente defenderse con sus cortos brazucos en aspavientos ridículos. La barahúnda era muy de ver. Yo me escondí tras la puerta, para evitar quedarme con algún casquetazo perdido. Creo que hasta ocho hombres hubieron de terciar en el esfuerzo de sacar de encima del clérigo a la bestia en que se había convertido Ventolada. Pero ni con toda la diligencia puesta se consiguió evitar que el revoltijo de la disputa, como una mar embravecida y sin control, se moviera por doquier rompiendo escabeles, mesas y demás mobiliario. El tropel salió al cabo por la puerta al corral, donde se hallaba atónito el mismísimo arzobispo con las autoridades del pueblo. Recuerdo el gesto del pobre don Mateo, mesándose los cabellos, con la color más pálida que la vela nueva, como diciendo para sí: «esto me lo tenía yo acá...».

—¡Yo desbarato a este fray arrobas! —¡Lo mato como hay un Dios...!

—¡Por vida de Jesús, monseñor, háblele con imperio, que lo desgracia! —chillaban las mujeres asustadas.

Siguió un poco de tiempo hasta que pudo domeñarse aquel engarramiento, que giraba como una noria, dando chocazos por doquier. Al fin fue amainando la tormenta, más que todo porque se acaban ya las fuerzas de Ventolada, y los hombres se fueron haciendo con su humanidad. Púdose por fin contener aquel prodigio desatado de la naturaleza, y poner a salvo el gaznate de fray Mateos. Todos los presentes con un poco de seso suspiraron aliviados, al tiempo que se deshacían en disculpas ante el arzobispo:

—Mire Su Ilustrísima, tenga por cuenta que este pobre loco no tiene mala fe, sino que está muy turbado...

—¡Hay que ver, cómo queda ahora el pueblo!

Pero Monseñor Navarrete, para sorpresa y alivio de la concurrencia, habló entonces muy ponderado y con acento socarrón:

—Venga, y no se haga mayor cuenta de este penoso sucedido, que debemos acudir al Rosario. Además, es de las primeras facultades del buen cristiano el perdón del prójimo, y prenda más debida en un clérigo. Prepárese la comitiva y ya se hablará después de lo aquí dicho y acaecido...

Por fortuna para el concejo, del suceso nada más se dijo, pues nadie quiso que pasara a mayores. Después del Rosario comenzaron la fiesta y los bailes, mientras que el arzobispo con su séquito, -incluido aquel fray Damián, un poco magullado-, siguió camino hacia Galizano y Somo para pasar a la Colegial de Santander, y todos hicieron por olvidar.

Todos menos el causante de la tropelía, que quedó durmiendo la borrachera durante toda la noche y hasta el día siguiente, con una plácida sonrisa de victoria en su boca.

III

EN LA RÍA

Iban pasando lánguidamente los años finales de un guerra de la que casi no teníamos noticias.

Por aquel tiempo hice amistad con un niño del barrio de Roduero que se llamaba Hugo de Arnuero, hijo del mayordomo del Hospital de La Magdalena. Congeniamos bien desde los primeros días de escuela, tal vez por ser tan diferentes. Yo crecía fuerte y ágil, mientras que él sufría por causa de una extraña enfermedad que se había cebado con venenosa malicia en sus extremidades, al punto de tenerle agarrotado casi de forma continua. La natural inquietud y travesura de la edad, con sus esfuerzos y estiradas, eran hazañas casi prohibidas para él; su mal le condenaba a caminar con una rigurosa cojera, motivo de chanza para los demás. Por si fuese poco, era menudo y lucía un extraño pelo crespo como el de una niña, lo que le hacía objeto de las burlas de los compañeros. Yo salía a defenderle con bizarría de las bajezas de aquellos simples, pues sentía una fuerza mayor que me empujaba a ello. Hugo era inteligente y vivo, y tenía además un don muy especial: sabía acaldar los cuentos y los romances con tal arte, que en su boca se hacían grandes relatos de aventuras, de amores delirantes o de hechos caballerescos sin igual. Yo prestaba la imaginación, y él iba dando forma y verbo a mis pensamientos, poniendo ajustadas palabras a nuestras infantiles invenciones. De modo que, mientras yo soñaba con mi futuro, él se conformaba secretamente con poder contarlo.

Y el caso es que, a pesar de su escasa diligencia en los asuntos físicos, con él me vi envuelto en la primera y no menos emocionante de las muchas aventuras que he corrido en mi existencia, y que paso ahora a relatarle. Debo advertirle que será Su Paternidad la primera persona que ha de poner oídos a la historia, después de tantos años. Pero bueno, este agua pasada me parece ahora limpia y cristalina.

Pues bien, corría el año de 1.712, que Su Paternidad recordará por ser el de la victoria de Denain. El caso es que andábamos en los meses de una desabrida primavera, en la cual se dieron tormentas de gran violencia y aparato que abatieron muchos robles y cajigas por toda la república. El Procurador de Meruelo, don Pantaleón de Fontagud, propuso dar salida a los restos de aquel desastre vendiendo con urgencia la madera recuperable. Por aquellos entonces se escuchaba mucho hablar en los valles de un caballero vizcaíno de origen levantino llamado Boronat, dedicado al trato de la vena de hierro para ferrerías y martinetes; y también, según lenguas poco contenidas, inclinado a negocios de menor beneficio para el reino, por mal nombre contrabando.

Decían los que frecuentaban el hogar del vasco en Ajo que era sujeto afable, de maneras corteses y muy pulido. Pasaba allí largas temporadas con su familia, en una casona del barrio de Camino que había escogido como lugar de solaz y esparcimiento. Los más suspicaces decían que allí vigilaba con mejor ojo sus turbios negocios de la ría. Parece que le unía buena amistad con el prior del convento, y frecuentaba también el trato de otros notables del pueblo. El caso es que manejaba generosos caudales, y se quedó con toda la madera del concejo en el remate.

Tenía que ser éste Boronat individuo de mucha influencia, pues consiguió que la madera labrada se la pusieran en el puertecillo de Selorga, para ser despachada seguidamente a la villa de Bilbao, donde iba a construirse una lujosa casa con torre. Recuerdo que se preparó con esmero el viaje, pues incluso hizo venir de Vizcaya a un individuo de voz ronca llamado Garay para dirigir la estiba de la madera, que se transbordaría en el muelluco de Ajo a las pinazas del vasco. Selorga se convirtió aquellos días en un hervidero, un ir y venir de carretones de bueyes cargados y de mozos aprestando las partidas, aprovechando en cada jornada el ritmo de las mareas.

Hugo y yo estábamos fascinados por aquel trasiego. Desde la ladera contábamos las carretas que bajaban lentas hacia la ribera, como filas de laboriosas hormigas. A pesar de nuestra edad, teníamos afán de tomar parte en aquel acontecimiento. Algunas tardes ayudábamos a atropar la leña y a recoger las brozas que quedaban esparcidas por el embarcadero después de la carga. Nos daban entonces los capataces algunos cuartos que guardábamos celosamente. De este modo compartíamos faena con los mayores, y prestábamos atentos oídos a los comentarios que allí se hacían acerca del misterioso caballero vascongado. Al acabar la jornada, Hugo y yo hacíamos juntos nuestras propias cábalas:

—Ha de ser este Boronat muy rico caballero. Paga subidos jornales, mucha prisa tiene en dar salida al negocio. —decía Hugo muy serio—. Tengo para mí que tal fortuna sólo se hace con las holandas y otras gullerías de las «bascas» de Bayona.

—No ha de ser de otro modo, está corrido por todo el valle. —contestaba yo, remedando el tono escuchado a los mayores.

—Pues a fe que nosotros hemos de poner diligencia en descubrir cómo lo entra. Dicen los estibadores que por Isla suben seguido los cargamentos desde que no hay atalayero.

—Es casi seguro que allí está el negocio —replicaba yo, muy ufano—. Y este Garay que se ha traído, debe ser de la cuerda, pues resulta muy mal encarado. Pero, ¿qué te parece que podemos hacer nosotros? Dicen también que cuando se ven descubiertos, los bayoneses no reparan en tiros. Mi tío cuenta que por la parte del Bastón de Laredo unos tratantes dieron muerte en una ocasión a toda la cuadrilla de alguaciles del rey...

—¡Quia! no hay por qué temer —maullaba Hugo, desdeñoso—. Sólo debemos descubrir el sistema del trato y ponerlo en conocimiento. Imagina, ¡seríamos honrados como héroes!

En estos y otros secretos diálogos andábamos durante aquellos días, fantaseando con ese tono grave de los pocos años, bendita inocencia. Al fin, algún juego distraía tan hondos estares, y morían de muerte natural nuestras ensoñaciones cuando llegaba la noche. Con el primer relente volvíamos a casa, a la cotidiana rutina en que sólo sabe sumirte el fuego nocturno del hogar.

Sin embargo, siempre hay algún día en el que el diablo lo confunde todo. Y ese día llegó para nosotros cuando arribó la última chalana a cargar la madera de Boronat. Era una jornada de mayo, de esas que nacen cansinas, de mucha calor. Yo creo que el ábrego confundía nuestros pensamientos, pues desde las primeras luces estábamos como remontados. Hugo llegó ceñudo y renegón de su casa; en cuanto a mí, madre me había reprendido temprano a cuenta de algún mandado que no puse traza en hacer. Nos acercamos a Selorga a mediodía, rebelados y picajosos entre nosotros.

Después de terminado el trabajo, se dispuso un pequeño convite de cuenta del vizcaíno para la colla que cerraba turno. Nosotros participamos también de forma animada, pues iba mejorando nuestro humor al vernos tan ufanos entre los mayores. Pero, en llegando al final, algunos de los cargadores la emprendieron con nosotros, pluguiéndose largamente en chacotas a nuestra costa. Como pasa siempre que hay mozos y niños revueltos, al fin acabamos siendo el centro de todas las burlas, y dentro de todo el jolgorio fuimos arrojados a la ría sin más miramientos. Nuestro orgullo herido sólo nos permitió salir del agua y coger por el callejo arriba, a lamer las heridas en nuestro escondite debajo de los pinos de Munar.

—Estos mozos, además de gandules, resultan cortos en extremo. —decía Hugo, acaldándose el empapado jubón—. Trabajan para el contrabandista y no reparan en otra cosa que en comer y beber. No es extraño el estado de cosas en la república...

—¿Y qué quieres tú? —le repliqué, algo molesto con tanta perorata—. Vale más que nos bajemos a pescar a La Peña al repunte, y nos dejemos de otra cosa.

—Pues yo no he de conformarme con esto, ni mucho menos. —los ojos se le encendieron como carbonadas—. Creo que ha llegado el momento de poner en actos las palabras. Te propongo una aventura que he ido madurando en estos días: hoy sale el último transporte de madera hasta el muelluco. Cojamos la barquilla de Aligote y bajemos nosotros detrás de ellos.

—¿Estás mal? —contesté—. Para eso debemos escapar de casa en la noche. Y además, ¿qué se nos ofrece hacer allí?

—Pero, ¿cómo es que, siendo tan valiente, estás en este particular tan remiso? —replicome con su media sonrisa.

Sin duda, este Huguillos sabía pincharme donde más me dolía:

—Yo creo que no nos han de descubrir. —prosiguió—. Podemos volver antes del alba, lo tengo bien calculado. Allí veremos si de verdad hay negocios de contrabando a la sombra de La Arena. Y si es cierto, podemos dar noticia a la autoridad...

Yo dejé que aquella loca propuesta fuera cogiendo calo, pues replicaba sólo con débiles objeciones. Me iba dejando enredar poco a poco en la tela de araña de la conversación, deslizándome en uno de esos trances tan especiales en los que, durante un corto tiempo, hasta las más descabelladas quimeras parecen reales. Si alguien con uso de razón suficiente nos hubiera descubierto, se hubiera desvanecido la ilusión en un instante. Pero no fue así, con lo que a la caída de la noche los preparativos estaban tan avanzados que ya era imposible volverse atrás. Yo temía más por los impedimentos de Hugo que por el posible peligro, pero él se afanó toda esa tarde en alardes de agilidad y destreza de las que nunca antes había gozado. Envueltos en esa misteriosa magia con la que el diablo acalda sus peores enredos, fuimos dando cuerpo a nuestro plan.

Serían las diez cuando salté del lecho, disponiendo el embozo como si aún estuviese dentro. Mi padre andaba entonces presto a pasar a Castilla para uno de aquellos largos periodos de trabajo, por lo que la casa andaba un poco revuelta en preparativos. A pesar de todo, el silencio era ya completo para esa hora, y la oscuridad se había hecho dentro y fuera.

Me vestí a tientas, sintiendo ese calor de los nervios por la piel, y salté por la ventana a la corralada sin hacer mucho ruido. La noche guardaba algo del bochorno del día, pero ya refrescaba. No había un ápice de luna, con lo que bajé por el callejo despacio para no tropezar. Salí al camino para evitar el monte, oscuro y peligroso en aquellas horas. Al llegar al alto de Selorga, se veían aún en el muelle las antorchas y los fuegos hechos para trabajar en el último viaje de la madera. El gabarrón estaba presto a salir, aprovechando el comienzo de la bajada de la mar. He de decir que la vista impresionaba, pues aquel conjunto a la luz de las fogatas era una pintura del averno.

Iba cavilando acerca de todo aquel desvarío, y trataba de convencerme de que seguramente Hugo habría cambiado de idea cuando se hubiera visto aquella noche en casa. Al fin no éramos más que niños, inclinados a dejarnos llevar por la corriente de nuestras fantasías, pero aún sin el arrojo suficiente para ponerlas en actos. Sin embargo, nos habíamos citado en el alto tras una encina, junto a la cuadra de Negrete, y he de decir que Hugo apareció presto. No sé si sentí alivio o pesar con verle, pues llegaba risueño, señal de que aún le duraba el encandilamiento de aquella tarde.

—¡A pocas y no llego! —espetome entrando—. Mi padre se empeñó en rezar el Rosario a última hora...

—Más vale que no hayamos de penar mañana que no rezara tres seguidos. —contesté muy serio, mientras echaba a andar—. Vamos, que hay que darse prisa. La marea baja...

Hugo caminaba con dificultad tras mis pasos, y nos fuimos acercando a la ribera. Dejamos el camino que llevaba al puente, y entramos por el sendero que nos acercaba al varadero de la barquilla de Aligote.

La chalana al fin partió, y en ella distinguimos a maese Garay con su cuadrilla de vascos, además de a otros cuatro remeros que bogaban lento, dejándose llevar por la corriente. El silencio era total, y a bordo sólo había un pequeño candil encendido. Dejamos correr unos minutos tras el paso de la lancha, y empujamos luego la chalupilla por encima de los juncos. Saltamos a bordo con unas brazas de cabo, un fanalillo y un rezón que habíamos reunido aquella tarde. Yo comencé a remar.

—Hugo, ponte en proa y vigila, no nos echemos encima. Y no alces el tono, que se te oye por todo el ribazo.

—Vale, silencio. —susurró emocionado.

Empezamos a bajar casi sin esfuerzo, acomodando nuestro avance con el del transporte de la madera. Llegamos a Soperio, donde vimos algún candil aún encendido en el molino. Al pasar La Lastra la ría se abre, y es difícil seguir la canal. La chalana avanzaba lenta; no había más que negrura, por lo que alistamos el oído para no acercarnos demasiado. El viaje después de un rato se tornaba monótono, por lo que tuve el tiempo de ir tranquilizando mi ánimo. La aventura, al fin, estaba discurriendo sin contratiempos. Incluso fue momento de permitirnos alguna chanza entre nosotros, con voz muy queda. Estábamos cogiéndole el aire a la noche.

Después de la curva a estribor del gran pinar, empezaba el último tramo. Por la parte de Ajo comenzó a brillar una débil candela en el molino de Pasaduiro, junto al convento. La embarcación viró a babor, buscando el pequeño embarcadero de madera. Allí saltó a bordo una figura bien embozada. Sin haber echado un cabo, prosiguieron el viaje.

—¿Has visto, Juan? —se excitó Hugo—. Te dije que no hacíamos el viaje en balde. Allí ha embarcado uno...

Seguimos bajando cada vez más rápido, pues la gabarra aceleró la marcha después de recoger al extraño pasajero. Llegó un momento en que la perdimos, a duras penas se veía la única luz de a bordo. Me asusté un poco, pero al rato vimos brillar las linternas en el Muelluco. Allí estaban amarradas dos esbeltas pinazas, abarloadas entre sí.

Yo había fiado toda nuestra suerte a que el transporte atracase para pasar la noche, y se hiciese el transbordo de la madera durante el día. De esta forma convencería a Hugo de que debíamos abandonar aquella intrepidez y volver a casa. Pero hete aquí que, en llegando al atraque, salió de no sé dónde una reata de gentes. Sin mediar palabra, se aprestaron a trabajar con furia en la descarga. Arranchaban la pinaza de fuera, y ayudados de un par de tangones y unos motones bien aparejados, comenzaron a pasar los troncos labrados a gran velocidad desde la gabarra. El muelle se había iluminado, y tal parecía que fuese mediodía. Se veía claramente a maese Garay dando cortas instrucciones, moviéndose a saltucos, como un gato. En ese momento reconocí al que subió en el molino: era un extraño sujeto de Ajo llamado Bermejo, que supuse iba a pasar a Bilbao aprovechando el viaje. Este descubrimiento ya me escamó, pues aparte de su relación con Boronat, la fama de este personaje no era buena, dando razón a las mayores sospechas. Nosotros quedamos retirados cerca de la orilla opuesta, sin saber muy bien qué hacer en la espera. Al fin nos abrigamos en un surgidero que había pasado el muelluco hacia la mar. Dimos fondo al rezón, aproándonos a la marea.

—Es menester esperar. —dijo Hugo resuelto—. Han de venir nuevos acontecimientos.

—Pero no estaremos más de una hora. —contesté—. Si nada pasa, nos subimos, aun con la corriente en contra. No quiero más incumbencias.

Al cabo de ese tiempo Hugo quedó vencido por el sueño, y a mí me faltaba ya bien poco para caer. La actividad en el muelluco no cesaba, pero no había nada que se ofreciera de particular. Empezaba a hacer frío y la marea seguía bajando. Yo dejé entonces mi mano posada sobre la superficie del agua, sintiendo la corriente entre los dedos, con la cabeza reclinada hacia proa. Estuve así unos minutos amodorrado, hasta que sentí de lejos como el siseo de unos remos y una muy ligera vibración en el agua. Me incorporé un poco, y quedé como paralizado por el pánico. De la parte de la barra entraba un bote de gran bordo, sin luces, pero delatando su derrota por lo blanco del aguaje. No sé cómo no se percataron de nuestra presencia, pues nos pasaron muy cerca. Se dirigían a gran velocidad hacia el Muelluco, a pesar de la corriente en contra. Sin duda era un bote de mucho fuste, poco visto por allí, y con una buena cuadrilla de remeros. Desperté entonces a Hugo a nerviosos empellones:

—¿Qué sucede, Juan? —Éste se levantó medio dormido, alzando la voz en demasía.

—¿Qué sucede? —dije amoscado— ¡Párate, que por mala ventura aquí ha de estar el negocio que esperabas!

La embarcación desconocida atracó por la popa de las pinazas, quedando a la luz de las candelas. Era un precioso botarrón de madera nueva a tingladillo, de esos que los ingleses llaman *cúter*, y que sin duda procedía de algún navío que habría quedado al pairo por fuera de la barra. Sin mediar palabra, todos aquellos hombres que antes movían con diligencia la madera, dejaron presto de hacerlo, y con el mismo silencio tenso con el que habían trabajado hasta entonces se dedicaron a sacar grandes cajas de a bordo hacia el embarcadero. Se veía al dicho Bermejo moverse como una culebra por todo el muelle, señal evidente de que era el encargado de dar cobijo a los géneros en tierra. Yo me iba dando cuenta del peligro que corríamos si por desventura nos descubrían.

—!Pues qué no ha de ser, que hay en medio están haciendo el trato! —mi susurro era casi un grito—. Al menos han desembarcado cincuenta cajas en un momento, Hugo, ¡hay que moverse súbito!

—¿Cuánto crees que ha de montar el golpe? —se le ocurrió decirme.

—¡Monta la madre que nos parió! —acerté a contestar, enfadado por su simpleza—. Es fuerza irse de aquí lo antes posible.

Levamos el rezón comidos por los nervios, pero intentando hacer el menor ruido; a pesar del poco calo, el cabo fondeado parecía tener cien brazas, no acababa de salir del fondo. Al fin nos movimos, pero esto fue nuestra perdición. Empezamos a derivar hacia afuera, sin que acertáramos a ciabogar para ganar la orilla. De un empujón senté a Hugo, que braceaba haciendo mil esparajismos. Cogí los remos con brío y le ordené:

—Vigila y achica, que aun encima hemos abierto algún agua.

—Sí, sí. —acertó a balbucir.

Intenté vanamente ganar la margen derecha con fuertes bogas, pero entre la fuerza de la marea y el agua que embarcábamos, el avance era casi nulo. En silencio me recriminé la estupidez de haber levantado el fondeo. Mirando a popa vimos espantados como el lanchón había terminado su descarga y largaba de tierra. Apagó su candil y comenzó a moverse ganando la canal. Para entonces yo ya sabía que nos iba a pasar muy cerca. Nos puso la proa, y ya sentíamos su presencia como un calor intenso en la nuca.

—¡Rema, Juan, rema que nos lleva por delante! —la voz de mi compañero era un grito histérico.

Cuando sólo quedaban unas esloras para alcanzar un pequeño calvero que me había fijado como desembarco, miré horrorizado hacia popa. El bote nos alcanzaba sin remedio, y lo que es peor, nos iba a pasar por encima sin habernos visto. Cogí por la solapa a Hugo y le levanté en peso. De un empujón le tiré al agua, saltando detrás para agarrarle, pues apenas sabía nadar.

—¡Juan, que me ahogo! —quiso gritar.

Pero no le di tiempo a más: tragó un buche de agua que le calló, y aproveché entonces para agarrarle por los rizos y tirar con saña hacia tierra, mientras me impulsaba con las piernas. Instantes después vino el abordaje. El golpe produjo un crujido seco en la quietud de la noche. Al instante se oyeron recias voces que se deshacían en juramentos:

—Me cago en San Pedro Sopoyo, ¿dónde cojones has tocado, piloto? —tronó un vozarrón que me pareció afrancesado.

—¿Y yo qué sé? ¡Sonó a madera! Enciende el candil, Pinto.

—¡Es un bote a la deriva! —contestó éste.

—¡Allí, por el tamaris se mueve algo! —se gritó al fondo.

Para este momento Hugo y yo intentábamos correr por la orilla, con el pánico de ver nuestros pies hundidos en la arena, y con la amenaza cortante de las temibles lastras de aquel rincón. Además, mi pobre Huguillos luchaba contra las limitaciones de sus miembros. Durante unos instantes larguísimos sentí el ruido de la persecución que se iniciaba, pensando que nuestras vidas no valían ya un ardite. Diría que incluso tronó en el aire algún disparo, pero en este punto mentiría si le dijese que estoy seguro. Yo tiraba de mí, de mi compinche, y de la desgracia de sus piernas, que parecían tinglas. No sé ni por donde avanzábamos, pues íbamos ciegos, pero el caso cierto es que no creo haber salvado más rápido una ladera tan pindia en mi vida. Al rato la garganta escocía, y los pulmones eran fuego. No dejamos de correr hasta que reventamos contra la pared de una cabaña, lejos ya de la amenaza de aquellas enfurecidas voces.

Al cabo de un prudente tiempo que empeñamos en recuperarnos, escondidos entre árgomas y zarzales, empezamos a caminar en silencio. Los perseguidores no daban señales, pero no por ello descuidábamos la retaguardia. El silencio de la noche sólo se rompía por el choclear de nuestras ropas, mojadas por segunda vez en el día, y por algún lejano ulular de aves nocturnas. Hugo estaba blanco, pues se había quedado como privado durante un rato, debido a los tragos de agua salada y a la desesperada carrera. Estábamos en Isla, por el camino que subía hasta el torreón, y avanzaba la madrugada. Sin mediar más que las justas palabras, decidimos volver a casa dando un largo rodeo por La Maza de Arnuero, para así evitar nuevos encuentros. Íbamos casi desnudos, helados de frío y con la ropa hecha un hatillo. Llegamos medio muertos poco antes del alba.

En los días siguientes se corrió por todos los pueblos que unos tratantes extranjeros habían perdido su lancha en la playa de La Arena, pues habían rasgado fondos en una restinga de piedra de la que no tenían noticia. Los estibadores del señor Boronat no pudieron darles mano, a pesar de haberlo intentado con valentía. ¡Qué farsantes!

He de decir que lo del naufragio me extrañó, pues no pensé que el abordaje hubiese hecho mella en aquel robusto *cúter*. Pero el caso es que así sucedió, y tuvimos ocasión en las siguientes jornadas de verlo batir contra el acantilado de levante. ¡Ah!... y en La Venera, la barquilla de Aligote había sido robada y no aparecía. Le echaban las culpas a un pobre hombre de Galizano apodado «cámbaro», por venganzas que según lenguas afiladas se debían a las consabidas malquerencias entre pescadores.

No, páter, nadie en casa supo de nuestras andanzas, tuvo que ser un milagro de la medicina de San Cosme y San Damián. Llegamos agotados y febriles, pero en las jornadas siguientes rumiamos nuestros males gallardamente, y nadie los achacó a su verdadero origen. Y vea que no ha de acabar aquí el cuento.

No había pasado un año de este suceso cuando, en un frío mes de enero, naufragó en la Salvé del Brusco de Noja un navío francés, que venía despachado del puerto de Udierna para San Sebastián. Según la declaración del maestre Simón Erbiscón, un recio temporal les había hecho derrotar sin remedio hacia las costas de las Cuatro Villas con su carga de trigo y habas. Se habían salvado sólo cuatro de sus tripulantes, y esto por intercesión de la Virgen Madre de Dios, a la que tuvieron el atinado juicio de encomendarse. Yo tuve la extraña ocasión de ver aquellas caras, pues acudí con mi tío Juan Francisco y otros hombres a recoger el pecio de la playa en la bajamar.

Y no se me ha de olvidar el rostro de aquel mancebo llamado Nicolás Leduc, al que sus compañeros decían «Pinto» por la descolor de su cara.

IV

EL MAESTRO

Padre siempre quiso que siguiese sus pasos en el arte de la cantería, para lo cual propuso que pasara de aprendiz al taller de un Arce de Secadura, familia lejana. Pero ni yo estaba llamado por los derroteros de la piedra, ni madre ni el tío Diego daban su aprobación a salir tan lejos de casa. Cuando fue tiempo de tomar alguna decisión sobre mi futuro, un golpe de fortuna tuvo a bien disponer el encuentro decisivo.

Resulta que don Diego frecuentaba el lugar de los Isla, pues como personaje principal de la Junta era bien recibido en la casa solar y en el palacio del arzobispo, sobre todo por la anciana doña María. Además, nos unían lejanos lazos de parentela con doña Francisca Rosa de Alvear, esposa de un señalado miembro del linaje. Corría el verano de 1.715 cuando murió el dicho señor, el joven don Juan de Isla. Para el tiempo del enterramiento llegó al lugar un viejo amigo de aquella familia, el entonces capitán de fragata don Francisco Javier Cornejo. Recuerdo que era una mañana en la que apretaba con rabia la calor. Me vestí temprano las mejores galas, y junto al tío Diego me personé en Isla para los duelos. Presentamos nuestros respetos a la familia junto con los muchos honradores que se dieron cita. Después del oficio de difuntos se desató una recia tormenta, hecho que nos obligó a guarecernos en la arcada de la iglesia parroquial. Aprovechamos entonces para hacer un aparte con el grupo de don Francisco Javier, que esperaba solemne su caballería.

Componía entonces el ruesgano una figura muy de ver: a pesar de su edad, decían los mayores que aún conservaba la planta de buen mozo de cuando había ingresado al servicio de Su Majestad como arcabucero, con apenas la edad que tenía yo. No había campo de batalla donde no hubiera servido a la corona, desde Nápoles a Gibraltar, pasando por Cataluña o Mahón, destacando siempre por su valor y audacia. Pero como no hay en mi tierra hazaña que no merezca apostilla, o héroe que no sea objeto de algún sarcasmo, entre los mismos viejos que le ponderaban se le nombraba con media sonrisa como «Cotilla el chico».

Lucía aquel hombre el uniforme más vistoso que yo recordara. No sabía entonces de las grandes relaciones de don Diego, pero el caso es que mientras nos íbamos acercando, me susurró quedo:

—Mira cómo ha de servir arrimarse a buen rescoldo.

Se saludaron ambos con respeto, como viejos conocidos. Entonces mi tío ponderó al soldado:

—No crea vuesa merced que no han llegado hasta el valle puntual noticia de sus hazañas en estos años, don Francisco. Con razón decía el finado don Juan que el nombre de la tierra quedaba bien por alto.

—¡Alto dejamos el nombre, y siendo de Valle, ja! —chanceó aquel hombrón.

Y prosiguió más serio, como recordando de pronto el carácter del acto que nos reunía.

—Eso es merced que me hacen mis paisanos, don Diego de Arce. Pero quedan aún mil batallas que librar por

Su Majestad, y sabe vuesa merced que no corren buenos tiempos.

—Nunca son tales. —cortó con inesperada autoridad mi tío—. Pero quisiera llamar su atención sobre un asunto particular. Vengo acompañado por mi sobrino, que para el caso es como hijo mío. Está en edad de labrar su futuro, y dice que no quiere otra cosa que la mar. ¿Cree vuesa merced que sería acertado socorrer tal demanda?

—¿Hombre de mar? Sin duda, no tenga embarazo en esto, don Diego. Precisamente ahora el servicio en las Armadas debe tenerse como de gran beneficio. Pero, ¿tiene el mozo capacidades?

—Creo que en eso ha de andar sobrado. Pero júzguelo vuesa merced por sí mismo —respondió mi tío.

Y dándome un empellón, me presentó delante de Cornejo. Éste me miró con fijeza, y sin más, me preguntó:

—¿Cómo andas de letras y aritmética, muchacho? ¿Acudiste a la escuela?

—Desde niño, Excelencia —respondí.

—¿Tu afición a la mar es algo más fuerte que un capricho? Has de saber que no es este un mundo cualquiera. Debes tener el ánimo bien templado. Muchos se han embarcado en las empresas del reino, y pronto han querido renunciar por vagos o medrosos.

—No quiero otra cosa en este mundo, Excelencia —contesté seguido.

—La respuesta no puede ser más clara, voto a tal. —exclamó el ruesgano, arqueando sus cejas—. Ahora estoy yo mismo pronto a servir a Su Majestad en la mar, tal vez pasando a las Indias....

Se volvió a mi tío y le aleccionó:

—Forme vuesa merced al muchacho en las artes de la mar, don Diego de Arce; que en llegando la hora, he de darle yo carta de presentación para su embarque y aprovechamiento en los bajeles de Nuestra Majestad, si es menester. Aquí mismo hay forma de empezar a estudiar cosmografías y otras utilidades. Hable con Nogueira, y ya sabe cómo encontrarme después.

Y así fue como volvimos aquella tarde a casa, después del banquete de Buena Gloria. Yo impresionado del trato con aquel gran personaje, con las tripas algo descompuestas por la emoción. Cabalgábamos en trotecillo corto después de la tronada veraniega. Las mieses olían maravillas, y yo miraba al cielo cuando salían las primeras estrellas por el monte Hano arriba. Soñaba con empezar presto la educación, y emular a los más renombrados marinos de nuestra tierra en sus universales aventuras.

*****

Mi instructor en las artes de la mar fue don Tomé de Nogueira. Mi maestro, el comienzo de todo. Entonces, nada más que un viejo marino, conocido de don Diego y de los notables del país, al que no le costó acomodarme a la lección que impartía a unos pocos discípulos en su ventilada casona del alto de Quejo, mirando a la mar.

Todos los días hacía yo el camino, subiendo Miranda hasta La Maza, y cayendo luego a Isla por la mies de Hoz. Llegaba con las claras del día, las botas de cuero con polainas que me había hecho Ventolada cubiertas de rocío. Por esta derrota fui descubriendo un mundo nuevo que miraba al norte. Coronando La Maza, se entreveía a diario la amanecida en las marismas de Soano, con la playas de Noja al fondo. La fantasía se me desataba con aquel horizonte oceánico y lleno de grises: empezaban entonces las ensoñaciones de bajeles de gran porte cañoneando enemigos, y fabulosas travesías por todo el mundo. Durante ese rato iba yo como inflamado, hasta creo que caminaba más ligero. Sin embargo, al llegar a la vereda de la mies, se perdía la vista de la mar. Cesaba el repeluzno y volvía un poco a mi ser.

Las enseñanzas comenzaban siempre con unas devociones que torpemente se exigía decir el maestro. Después atizábamos el fuego del hogar para ir entrando en calor.

¿Qué sabíamos entonces de don Tomé? Bien poca cosa, ya lo verá Su Paternidad. Al principio sólo era para nosotros un viejo superviviente del océano: escaso pelo blanco, cargado de espaldas y con luengas patillas, al estilo del clásico marino inglés. Fumador en una magnífica cachimba de espuma de mar, que siempre portaba junto a su petaca de diente de cachalote. Decían en el pueblo que era gallego de nación, si bien el acento no le delataba. Nos contaba que había comenzado su carrera navegando en pataches y otros vasos propios del cabotaje, primero por derrotas de nuestro norte, con maderas del país hacia La Coruña y a Vigo y los retornos de sardina o de vino de la parte de Rivadavia. Más tarde vinieron las alturas en navíos franceses que bajaban sal de La Rochela, o lo que se terciase, que fueran muchos sus giros. Sabíamos que pasó a Indias, pero también que anduvo un tiempo en tierras de África al rescate negrero en las expediciones francesas. De aquellas estadías hablaba menos, pero conservaba de testigo un escandaloso pájaro gris que lucía altanero en una percha a la entrada del zaguán, al que llamaba «Cachito». Al fin, vino a retirarse a la casa del barrio Calleja en Isla, el solar de su esposa doña Josefa Bustillo, a la que se trajo de vuelta de América para que pudiese morir en su tierra.

Para nosotros resultaba un maestro extraordinario, no sólo por la calidad de sus lecciones, sino por el arte con el que esbozaba el relato de sus aventuras. Bien parecía que el contar sus cuentos era uno de los motivos por los que había tomado alumnos. Era paciente en extremo, mayormente con nuestra cortedad en la comprensión de los principios de la navegación y las astronomías, así como de los rudimentos de la arquitectura naval que se afanaba en enseñarnos.

Desde el principio nos dimos cuenta que nuestro maestro no era un personaje vulgar, ni le resultaba propio andar como estaba mezclado entre aldeanos. El arte que se daba con las traducciones de obras escritas en muy diversas lenguas daba pronto a ver una vastedad de conocimientos y una cultura imposible de ser pasada por alto. Era capaz de comprender cabalmente las que llamaba «das nuevas leyes del Universo», y en las ocasiones en las que respondía a nuestras inquisiciones, confesaba que toda su ilustración se la debía al conocimiento que hizo en su juventud de un paisano suyo, hombre aventajado en estudios y marino singular, de nombre don Francisco de Seixas. Pero en llegando a este punto de la historia, se volvía parco en explicaciones, y continuaba sin más con la lección.

Gozaba nuestro maestro de una biblioteca larga en títulos, que ocupaba una amplia estancia del fondo de la casona. Aquel santuario, casi siempre cerrado y sepultado por el polvo, era un polo atractivo, misterioso y lúgubre. Allí guardaba antiguas ballestillas, astrolabios y cuadrantes, amén de muchos otros objetos recogidos por todo el mundo en sus viajes. Un anaquel completo estaba cubierto de cartapacios con portulanos y otras cartografías, además de meritorios dibujos levantados por su propia mano. De una de las paredes colgaban amenazadores unos pequeños grillos, un recuerdo de la ferretería propia del transporte de esclavos en que anduvo envuelto. En el suelo, al fondo de la estancia, un negro cofre metálico avivaba siempre nuestra curiosidad. Sin embargo, era en una repisa donde descansaba la pieza que más llamaba mi atención, seguramente por la perfección de su fábrica: la miniatura de un fiero jabeque del corso mediterráneo, muy bellamente tallada. Entre los libros guardaba como sus mejores tesoros un antiquísimo almanaque, que se jactaba de haber recibido de un capitán negrero en una *volta da mina* de sus rescates africanos: se trataba de un rancio volumen con la cubierta amarillenta que había reparado él mismo, y en el que se veía escrito de su puño y letra: «Las Verdaderas Tablas de Zacut», por J. Vizinho; también recuerdo una edición veneciana antiquísima del «Arte de Navegar» de Pedro de Medina, y una versión moderna del «Regimiento de Navegación», de Andrés García de Céspedes. En el centro de la sala llamaba la atención una espléndida esfera armilar florentina que tenía subida en una tarima, y que brillaba cuando la luz de la mañana entraba por el ventanal.

Fueron contadas las ocasiones que pudimos visitar aquel santuario; pero una de ellas, de la que más tarde rendiré cuenta a Su Paternidad, resultó crucial en mi vida.

Al calor del descubrimiento que producían estas primeras lecciones, y con la desatada imaginación de los quince años, se iba forjando en mí un deseo indomeñable de poner a prueba la vocación y comenzar mis singladuras, rompiendo a navegar por donde fuese. Los relatos empezaban a producirme una extraña desazón, pues estimaba que debía ser yo protagonista de hazañas similares en azules horizontes, dejando atrás los verdes valles de la niñez. Al tiempo iba destacando por mis aptitudes en el estudio, extremo que reconocía el maestro, y con ello alentaba mi ferviente deseo de hacerme por fin marino de una pieza.

Al poco de andar en aquel nuevo ambiente, trabé una inolvidable amistad con dos compañeros: el primero era un muchacho de Isla que se llamaba Roque Canalejas, pero al que todos decíamos «Cané». Su familia eran pescadores de Quejo, muy relacionados con la casa de los Isla, de la que luego habrá mucho que contar. Cané resultó mi mejor amigo; el segundo fue Martín de Collantes, un alumno que venía de Ajo. Fuimos los tres inseparables en aquellos años de primera mocedad. Con ellos corrí buenas aventuras, y llegaron los primeros amores. Compartimos la pasión por andar en la costa y la mar.

¿Ahora? No sé qué pudo ser de ellos.

V

SANTANDER

Teníamos los tres más o menos los mismos años, y coincidíamos también en inquietudes. Cané era el más osado, siempre dispuesto a correr los riesgos propios de la edad. Era ocurrente, brillante sin duda. Pero debo advertirle que percibí en seguida a su alrededor un aura de fatalidad, como si, para compensar su brillo, el buen Dios quisiera adelantarnos que era una estrella fugaz en el firmamento de nuestras vidas, un fenómeno que había que contemplar con atención para captar su esencia. Era sin duda alguien muy especial, páter; de los tres, el que mejor toleraba el dolor, el más inclinado a la aventura, sin caer nunca en la cuenta de los peligros. Desde el principio creo que nos reconocimos como complementarios: bien parecía que lo que le faltaba al uno, iba de sobra en el otro. Martín era la tercera pata del trébede, mozo lúcido y frío, sin duda el que parecía más fuerte. Además, era poseedor de ese atractivo invisible que destilan los individuos sanos y bien formados. En cuestión de galanteos era siempre el más celebrado por las muchachas, que, aunque disimulando, acababan decididamente rendidas ante la apostura de aquel Adonis de natural tímido. Pero este extremo, lejos de enconar nuestros recelos, no hacía mella alguna en Roque y en mí, pues callado estaba dicho entre nosotros que cada cual ofrecería su mejor faceta al grupo. Y así jugábamos siempre dentro del triunvirato nuestras bazas en tal armonía que hoy todavía este extremo llama harto mi atención. Concluyo con esto, mi buen abate, que no hay amistad ni la puede haber nunca como la forjada en esos años.

De esta venturosa época, qué le puedo decir. Todo lo que le cuente, al cabo me parecerá poca cosa. Teníamos unos dieciséis años en bruto, salud robusta y el ánimo siempre exaltado. No había en el mundo montaña que pudiera hacernos sombra, pues éramos marinos en ciernes, proyectos de lo mejor que podía dar la tierra. Ayustábamos una aventura con otra, algunas reales, otras imaginadas, pero siempre con la risa fácil, sin saber las más de las veces el porqué de tanta alegría. Los adultos que nos rodeaban componían un mundo de seres aturdidos e infelices del que nos compadecíamos sin darnos cuenta, supongo que porque presentíamos en lo más hondo que habían perdido la edad de las ilusiones, aquellos que alguna vez pudieron tenerlas. Nosotros, sin embargo, allí estábamos, prestos a comernos el mundo, fuera lo que fuese que hubiera que hacer o por dónde empezar a dar bocados. Sobraban las agallas, no había miedo. De entonces, guardo en el recuerdo el lema que marcaba el final de nuestras encendidas charlas: ¡siempre avante...!

Así que el acontecimiento más pequeño se convertía en un momento brillante por arte de nuestra edad. Y donde no había propio, buscábamos arbitrio, con lo que sucedió la aventura tan extraordinaria que ahora paso a relatarle.

Corrían tempranas fechas del otoño de 1.716, cuando sesteábamos una tarde después de la lección en los suaves prados frente a la mar, en Cueva Colina. Con la panza llena de castañas que nos quedaban de la magostada, hilábamos conversaciones acerca de nuestros proyectos más inmediatos. En esto Martín recordó su onomástica, y dijo haber oído hablar de la gran fiesta de los pescadores en Santander.

—¡Santander! ¿Tú has ido alguna vez, Arce? —preguntó Cané.

—Nunca. ¿Y tú, Martín? —trasladé yo.

—Una vez llegué con mi padre hasta los arenales de Somo, al embarcadero. Pero de allí no pasamos. —contestó serio Collantes.

Quedamos callados, mientras iba gestándose en nuestras cabezas la misma traviesa idea, que brotó en palabras al momento:

—Pues hemos de ir los tres, más pronto que tarde. ¡Y la fiesta de San Martín ha de ser la ocasión! —gritó jubiloso Cané.

—Pero, ¿cómo hemos de hacerlo? —tercié yo, reflexivo—. Hay que hacer al menos ocho leguas por tierra, y....

—¡Pues iremos por mar, lebrel! —saltó Roque, haciéndome delante los grotescos gestos de un matasiete de comedia.

—¡Eso, los marinos a la mar, y que viva el gran Turco! —coreó Martín, al tiempo que se me echaban ambos encima a caponazos.

—!Soltadme, bravanes, que no voy a quedarme yo en melindres! —grité riendo también—. Iremos, ya lo creo, y además vamos a coger la chalupa de Fonperosa si tenéis valor...

—¡Y vamos a ponerle por bandera una escoba, como hizo el grandísimo Tromp! —exclamó Cané.

La idea pronto nos enardeció a los tres. Ya estábamos tan calientes a este negocio que nos pareció que debíamos partir súbito, sin saber muy bien por dónde empezar a dar traza al proyecto.

El caso es que el chalupón de Fonperosa era un viejo casco sin cubierta, que dormía varado en los juncales frente a la Lastra, y era un viejo sueño nuestro reflotarlo y ponerlo a navegar. Pero para ello era menester alguna ayuda, y también unos cuantos reales de los que carecíamos. Mas es cosa sabida que no hay dificultad en este mundo que el fijo empeño no pueda superar, ni diligencia que el afán de la juventud no pueda hacer. Esta fue otra de esas maravillosas ocasiones en que la voluntad firme obtiene su premio.

A los pocos días era la fiesta de San Lucas en Hoznayo, y discurrimos acudir a casa del infame «culón de Fonperosa», el pelirrojo, para proponerle el trato que habíamos pergeñado: él nos dejaría recomponer aquel candray que yacía abierto de bocas, -mueble que nunca le ocupó, pues nadaba en posibles, dicen que de herencias mal traídas-, y nosotros en compensación le ayudaríamos en la feria, o en la faena que tuviera a bien encomendarnos. Tuvimos mucho que porfiar para vencer sus recelos de meracho atravesado, pero a son de más ofrecer, mejor iba poniendo el morro. Al fin quedamos conformes en cargar una yunta de bueyes e ir a vender con él a la feria de Hoznayo, además de traer a su casa durante aquel invierno un par de carros de leña del pinar de Castellano. El muy hijo de la gran cabra nos permitiría remozar el barco, pero se azorró cuando hubo que hablar del usufructo. Dejamos estar el negocio en tal punto, pues teníamos bien claro que, una vez el barco de nuestra mano, no habría culón ganancioso que tuviera cuerpo de anular el flete.

Así las cosas, comenzamos nuestras maniobras. La ayuda del maestro don Tomé pronto se nos antojó indispensable, pues era el único capaz de ponernos cabalmente en el rumbo. Incluso le hicimos bajar las primeras tardes cabalgando hasta el soto donde alistábamos nuestro pequeña carpintería de ribera, a la que habíamos llevado cada cual las herramientas que pudimos distraer de casa, y algunas otras de origen un tanto más oscuro. En aquel incipiente trajín, y ayudados por viejos amigos como Hugo y Francisqué, conseguimos en un primer empeño mover el vaso hasta dejarlo en seco, lejos del alcance de la marea. El maestro nos diseñó un aparejo virador que plantamos junto al nogal. Con él, y por medio de un cabo de buena mena, conseguimos poner el casco en los parales untados de sebo, para meter luego la proa entre dos chopos de la orilla. Con ello hicimos un rudimento de grada en la que el barco quedó presto a los reparos. Esta primera parte nos levantó mucho el ánimo, pues eran evidentes los progresos. Pero pronto nos íbamos dando cuenta de nuestras limitaciones, pues no era cosa fácil aquella industria.

La madera no debía ser gran problema, pues no tenía nuestro modesto bajelillo las tracas muy deterioradas, y además no eran de gran escantillón. Pero había que traerla allí desde Ajo, dónde habíamos podido comprar algunos preciosos restos de castaño y roble labrado en el muelluco. Tuvimos que pedir algunos favores a los patrones de las chalanas del mineral para su transporte. Luego pasamos varios días en el monte recogiendo leña para el fuego, y también para las cabillas de aforrar. En San Mamés le compré a buen precio una partida de pernos de hierro al tirador de la ferrería de la Vergazas, el amigo Celedón Cadenas. La cabuyería también era difícil de hallar, y tuvo Cané que mendigar filásticas viejas en Isla, de las que los pescadores iban retirando. Junto a la capilla de San Sebastián, en la antigua Casa de las Ballenas, tuvimos la suerte de encontrar algunos restos en buen estado. Todo ello tuvimos que arrastrarlo monte arriba y monte abajo hasta nuestro dique. Rastreamos también algunos playazos en busca de pequeños chicotes que siempre traía la mar.

Trabajamos duro en aquellas desapacibles tardes de otoño, ventosas, cada vez más cortas y frescas. Capeamos con buen ánimo el llover cansino cuando aparecía el viento gallego, animados siempre por el horizonte de la aventura prometida. El tiempo, sin embargo, se echaba encima, pues para San Martín quedaban pocas fechas. El domingo anterior, después de oír misa en Ajo, bajamos a levantar el mayor y el trinquete con la ayuda del hermano de Collantes. Esa semana hicimos un esfuerzo que nos llevó a permanecer en la ría, helados de frío, hasta bien entrada la noche de las dos últimas jornadas.

Pero vive Dios que todos aquellos desmayos merecieron la pena.

Amaneció raso el cielo en las vísperas del santo. Reunimos a los amigos y al maestro, y con la pleamar, arriamos al agua el remozado vaso de Fonperosa. Lucía airoso sus buenos dieciséis codos de quilla, amarrado por largo a un castaño, dejándose lamer los costados por la mansa corriente. Velas y remos aún estaban en la orilla por aprestar, pero ya teníamos armamento suficiente. Aligote y Ventolada bajaron a nuestra atarazana con un vinillo que despachamos alegremente entre todos los reunidos, celebrando la venturosa botadura de «La Galana», que tal nombre le habíamos dado a nuestra nave. Los tres amigos nos felicitábamos con la mirada, cómplices en aquel primer logro de nuestros escarceos con la mar. Yo miraba con embeleso la figura de aquel modesto bote, el resultado de nuestra fábrica. Empezaba a creer, como creo ahora firmemente, en el espíritu de los barcos, mudos pero reales. Hay barcos que muestran fidelidad a sus patrones, y otros que son rebecos, indomeñables, felices seguramente de traicionar la mano que los gobierna. Yo supe en seguida que aquella fina estampa que se recortaba al sol mañanero del Recodo nos sería fiel hasta el último extremo, como así se demostró.

Cayendo la noche terminamos el armamento, prestando especial cuidado al trincado del timón en la banda. Las velas quedaron envergadas en las entenas, fijas al tercio y posadas en cubierta. Los remos, retraídos en las bancadas: todo listo para nuestra secreta aventura. Aquella madrugada no pegamos ojo, al menos yo no lo conseguí. En el callejo de casa dejé escondido un corto petate con un poco de comida y agua, escasos reales, una pequeña cruz de plata y las mejores galas para roncear en la fiesta. En casa, un recado informaba que estaríamos de pesca toda la noche hasta el día siguiente: esto sería suficiente.

Habíamos quedado en vernos en el sotillo, y llegamos los tres a un tiempo, aún con la capa de la noche. Las caras, afiladas por el relente de la madrugada, eran pura sonrisa emocionada. Cané charlaba por los codos, como era costumbre. Nos obligó a formular la solemne promesa de no dar atrás en nuestra aventura:

—Traigo galas para rendir todas las mozas de la villa. Pase lo que pase, ya saben vuesas mercedes, ¡siempre avante!

En seguida Collantes cortó el barroco de aquellos prólogos que tanto gustaban a nuestro amigo. Acaldó de su mano los últimos detalles, poniendo traza de capitán. Los tres teníamos aceptado sin hablar este nombramiento, ya que era el mayor y el más fuerte, y nunca se discutía su patronato. Cané y yo estibamos a popa la impedimenta, entre las que pusimos a buen recaudo un fanal con sebo y una buena mecha. Sacamos presto dos remos, y a la voz del maestre, que zafó el cabillo que tendía por seno, nos deslizamos corriente abajo con un corto bogar.

La emoción no podía ser más intensa. Mientras remábamos calmosamente, al fondo se adivinaba el alborear de un nuevo día, la promesa de la aventura. Estos primeros instantes los recuerdo bien, pues están fondeados en la memoria junto con sus más sutiles detalles. Íbamos dejando atrás los hitos de la ría, tantas veces recorridos: el pinar, Castellano, los molinos, la furtiva silueta del convento en Ajo... Eran las primeras horas de la aventura de juventud, aquellas en que todas las promesas se pueden aún cumplir. Seguramente nunca estuvimos tan unidos como en aquella ocasión, navegando en silencio por el paisaje de la niñez.

Llegó el sol cuando alcanzábamos la barra de La Arena. Casi siempre traicionera, en esta ocasión los cielos allanaban nuestros rumbos, pues nos pusimos en franquía airosamente, ayudados por la vaciante y unas cuantas furiosas paladas. Entonces vino el gran momento de largar el trapo, que se hinchó orgulloso con un fresco pero amigable nordeste, aún suave en el momento del orto.

Nos abrimos un poco del cabo y de la vista de la Casa de la Vela, y luego caímos mansamente a babor, gobernados por la firme mano de Martín. Surgió en la proa la estampa del Rostro, y luego la impresionante visión de la altura de Quintrez. Caí en la cuenta de que nunca habíamos llegado tan lejos en nuestras pesquerías, ni nos habíamos manejado con embarcación de tanto fuste. Incluso el episodio del contrabando del vizcaíno que viví con Huguillos, y que tantas emociones me hizo pasar, me parecía ahora algo lejano y menor. Metido en estos barruntos, se me antojó entonces que la costa se envolvía engañadora en un disfraz de ligera ventolina y suave marejadilla, como si pretendiera embaucarnos con aquel artificio, trampa para cazar audaces e inexpertos nautas. En los afilados pedroques de la costa, al pie de los acantilados, rompía todavía un poco la mar de leva, restos del gallego de jornadas atrás. Pasaban a nuestra vista sus perfiles acerados como sombríos recordatorios de lo que esperaba a los desventurados cuando se desataba la galerna y las naves tumbaban a tierra. Mas, ayudado de los confiados rostros que veía en mis amigos, pronto borré estos negros pensamientos de mi cabeza, producto sin duda de un punto de mala conciencia por la travesura que iniciábamos. ¡Quia!... no había lugar para el miedo, todo discurría como el viento que nos empujaba, en popa cerrada...

Con la salida a mar abierta llegó también un suave cabeceo, que Cané aprovechaba para menearse por la proa entre bromas y fingidos raptos de mareo. La determinación de Collantes al timón y sus secas órdenes me fueron dando confianza, y en seguida me solté yo también a cantar y reír con ellos. Al pasar frente a la punta de Urdiales sacamos algunas viandas del pañol y almorzamos. El viento era un poco más fuerte a medida que avanzaba la mañana, y pronto avistamos la isla de Santa Marina, mientras que por la amura de estribor distinguíamos el muñón de Mouro. Las emociones, que se habían agostado un poco tras la pitanza, ahora reverdecían:

—¡Firme, maestre, que el nostramo sondará! —gritaba Cané, haciendo bobadas con un imaginario escandallo en mano.

Pronto estábamos barajando la costa frente a los arenales del Puntal, al reoso del viento que soplaba ya tirado a tierra. Por la amura de estribor se comenzaban a distinguir los detalles del castillo de Hano y luego la batería de La Cerda de la Sardinera. Salvamos la barra con fuerte arrancada, intentado coger por donde no se veían hileros ni remolinos peligrosos. Así, protegidos por el azar que nos estaba sonriendo, nos metimos en las calmas aguas de la bahía. Arriamos vela y remamos con fuerza, proa a la mancha aún lejana de los muelles de la villa.

¿Que cómo era el Santander de entonces? ¡Voto a tal, ya solamente el aproche era un espectáculo! La estampa de los castillos con sus baterías enrocadas metían respeto. Luego estaba aquel verde y dorado del veril de las playas, festoneadas por caprichosos roqueos. En aquella mañana de sol eran paisaje de todo punto insuperable, querido preste. En el saco de la bahía fondeaban bajeles de un tamaño que jamás habíamos imaginado que pudieran existir, almenados con impresionantes castillos de popa, alterosos y galantes. Alrededor de ellos, merodeando como insectos en tarde de estío, un incesante trasiego de botes, chalanas y chalupas que iban y venían; un bosquecillo de mástiles y velas de todas las clases, algunas cruzando al sudeste hacía Somo y Cubas, otras hacia el interior, a la industria de Guarnizo. Más cerca, las tenazas de sillería del antiguo muelle y contramuelle de piedra, con el adorno de la grúa engarabitado en la punta de levante; y el perfil austero de la muralla, que se adornaba por fuera con las primeras calles de los arrabales, dando marco a un cuadro de diminutos muñecos que en la lejanía caminaban bulliciosos, gritándose entre ellos con descaro pejino.

¡Bah! Confieso que la vista de aquella exageración nos amedrentó un poco. La villa me parecía un ser con vida y con reglas propias, rotunda y segura de sí. Me imaginaba a aquellos habitantes todavía en la distancia como tipos orgullosos, decididos e iniciados en el saber de un código que descifraba los más profundos secretos. Ya me comprende vuesa paternidad: era el mirar acomplejado del aldeano. Con el tiempo he recordado con melancolía estas primeras sensaciones, después de tantos extraordinarios acontecimientos como me ha tocado ver.

El caso es que entramos en la dársena un poco amomados, cada uno preso de nuestros barruntos, y mirando de reojo el concurrido Canal de la Ribera que se abría por babor, en la que dicen «la entrada del boquerón». Al final resolvimos poner proa al playazo del barrio de la Mar, arrabal extramuros por levante, que vive resguardado por el Muelle Viejo. Se veía allí una especie de cay, un limpio varadero de rampa no muy pindia en el que reposaban embarcaciones de pesca muy parecidas a la nuestra. Pensamos que allí podría pasar mayormente inadvertida nuestra arribada. Ejecutamos la maniobra con arte, y arranchamos el bote dejándolo en la esquina junto a un grupo de tres, de modo que nadie echase demasiada cuenta en su presencia.

Un poco nerviosos recogimos los bultos y comenzamos a salir, mirando en todas direcciones. En eso un voz tonante llamó nuestra atención desde la escalera de piedra del espigón:

—¿Adónde van vuesas mercedes, que llegan en silencio como la muerte?

Asustados, volvimos la mirada. Era un muchacho como de nuestro tiempo, brazos en jarras y sonrisa abierta, el cual nos miraba desafiante desde las alturas. Brincó por la musgosa piedra del muelle, descalzo y remangado. Saltando a la arena de un estrincón, siguió hablando:

—¿De dónde sale esta cuadrilla, cómo es que nos cabe este honor en el barrio? —decía con fingida pompa, al tiempo que ejecutaba un extraño paso, como de reverencia— ¿Acaso venís de los astilleros, o tal vez de la parte de Pedreña? Bueno, que importa. Me presentaré: mi nombre es Gandarilla, y para vuesas mercedes soy como el capitán de la machina. Hablad, que no encontraréis mejor piloto en la villa.

Este pájaro era un cuchiflito sin carnes, cetrino y pelón. La sonrisa que despedía era sin embargo harto contagiosa, y dejaba entrever una dentadura blanca y bien formada. A pesar del coloño de huesos que era, yo le presumía por debajo nervudo y fuerte. Olía a mar.

—No necesitamos pilotos —dijo serio Collantes. —¿Qué quieres tú?

—Bueno, bueno, no se ponga vuesa merced rutón. —contestó divertido—. Yo puedo hacer que cuiden de la lancha, que aquí merodean muchos, y no todos de buena ley. Hoy es fiesta, día propio para distracciones. ¡Ah! Y recomendaría vivamente a vuacé que quitara esa escoba del palo, si no quiere llamar la atención...

—Venimos a los festejos. —terció Cané más animado.

Se arrimó al muchacho en dos pasos, y le colocó la cara a un palmo de la suya:

—¿Qué se ofrece hacer aquí para la diversión, maese Gandarilla de mis cojones? —le espetó en el rostro.

El otro aguantó gallardamente el envite, abortando a duras penas una sonrisa que se le salía por las comisuras:

—Tú qué eres, el de las gracias?

—Tengo mis pinchos. —le devolvió Roque, sin separar la cara de la suya.

—Pues a fe que, si no son vuesas mercedes tiñosos, yo he de prepararles un buen programa, algo que no han de olvidar. —replicó el machinero.

—¿Y qué pides? —dije yo amoscado, adelantándome.

Se volvió a mí con un visaje que fingía escándalo:

—Nada. La buena compañía.

Al instante rompimos todos a reír.

*****

La villa estaba sumida en el triquitraque que esperábamos, un ir y venir constante de paisanos trajinando amenísimamente por las rúas. Estábamos en el día del fin de la vendimia del país, y al tiempo era la fecha de comienzo de la marea del besugo. Entraban por las puertas de la villa las últimas cargas de vino en carretas, y se iban a elegir en la cofradía de mareantes los cargos de procurador, talayeros y mayordomo. Los maestres formaban sus dotaciones, y repartían los anzuelos ruilobanos entre los de su rol. Después de la misa mayor en la ermita se reunirían por grupos a comer, celebrando el día del santo y sellando el trato para la campaña del invierno. El arrabal de la Mar era una fiesta, y en el barrio de Arriba se presumían también bullicios. Por toda la villa dentro de la muralla se extendían las celebraciones de afuera como un reguero de pólvora.

Gandarilla se meneaba por las calles de la Puebla Nueva como un gatuco por los tejados. En todos los rincones levantaban su mano los vecinos para saludarlo, y algunos incluso cambiaban con él cortos mensajes en una jerga que tal pareciera «pantoja» o «germanía». Desde la Puerta del Peso hasta la de Santa Clara no había cuello con poca o mucha gola que no se volviera a su paso, ni portal, comercio o taller del que no emergiera un alegre «buenos días». ¡Voto a tal! En verdad era aquel muchacho el príncipe de las calles, no se le podía discutir el título. Nosotros le seguíamos las aguas como hechizados, dejándonos mecer en el homenaje de nuevas sensaciones que nos estábamos regalando. Pasamos aquellas primeras horas deambulando por las vías principales sin rumbo fijo, bromeando entre nosotros, ebrios de las novedades que nuestro práctico nos ofertaba. Vimos espectáculos de volatineros y saltimbanquis haciendo sus habilidades; algunos titiriteros, músicos entonados y otros algo menos; también cruzaban las calles grupos de estudiantes arrastrando capas, amaneciendo de sus parrandas. Y había profusión de puestos ambulantes con golosinas en los que nos deteníamos embobados. Las muchachas engalanadas sonreían de tapadillo a la salida de las iglesias, lindas prisioneras de su amas. Había también algunos marineros de los grandes bajeles que nordesteaban un poco perdidos, sin poder disimular su extracción, seguramente en busca de muelles que dispensaran emociones mayores. En fin, páter, qué voy a contarle: una villa metida en fiestas.

Cuando las tripas tocaron a vísperas, había pasado largamente el mediodía. Volvimos a salir al arrabal, que era el auténtico territorio de nuestro piloto, y nos metimos con idea de almorzar en un sucio figón cerca del río de la Pila. El mesonero era un castellano gordo, cabezón y de escaso pelo, con cara de sufrir agrios humores, y cuyo nombre creo recordar que era Barrio. Recibió nuestra festiva comanda con un escueto «ya no son horas», y nos tiró en un rincón con una bandeja de pescado frito hacía horas por su esposa, la señora Muriones. Como igual nos daba ocho que ochavo, comimos lo que se presentó, y bebimos su vino aguado.

Para la media tarde estábamos ya felices como burras. Cantábamos los cuatro a la mesa del tal Barrio, ahítos completamente. Fuera empezaba a morrinar, al tiempo que se estrellaban los primeros arreones del vendaval contra las ventanas. La noche se venía lentamente. Prendiose el fuego en la lumbre, mientras llegaban nuevos parroquianos, pescadores y marineros mayormente, que traían por su popa el frío del exterior en cada ocasión que franqueaban la entrada. El humo del tabaco ya casi no nos dejaba ni vernos. A nuestra pequeña fiesta se iban uniendo algunas voces recias y graves de hombres de la mar, dando cierto tono al cántico. Atacamos con sentimiento viejas marineras a la luz de los candiles, alargando la notas en esforzadas armonías, con la recia tronada como acompañamiento. Entrados en ambiente, nos dio la noche.

Cuando el cuerpo estaba ya bien trabajado, Gandarilla nos propuso salir en busca de mayores aventuras en la parte alta de la villa. Sin mediar palabra nos calzamos nuestros sombreros de ala ancha, y nos echamos por alto unas gruesas capas en las que escondimos el vino que quedaba sobre la mesa, zarpando a correr el temporal por las calles. Poco a poco, y después de achicar los últimos odres, fuimos derivando hacia las calles de la Puebla Vieja, dejando atrás las arcadas de las viejas Atarazanas. Pasamos el puente y nos vimos, en llegando a la Colación de San Pedro, en el cerrillo que hay a poniente de la villa. Fue en aquel momento cuando, de entre los soportales oscuro de la iglesia de los Cuerpos Santos, derrotó hacía nosotros un enorme mancebo de cabellos negros, sucio y pobremente vestido. Se daba cierta traza de pescador:

—Gandarilla, grandísimo cabrón, ¿en dónde andabas? —rutó con la voz contenida, acercándose con mirar inquisitivo a nuestro piloto.

—¿En dónde? En donde me sale de los santos cojones. —sentenció el lenguaraz raquero, desafiando la desmesura de aquel oponente.

Los dos jaques se miraron mal encarados, como galleándose. Pero estaba claro que se conocían, y aquel baile no acabaría en fandango. El tasugo miraba de reojo hacia nosotros, extrañado:

—¿Quién son éstos tres? —preguntó al punto.

—Son amigos, buenas gentes. —contestó Gandarilla muy serio.

Y volviéndose a nosotros y aflojando una sonrisa desdeñosa, remató:

—Este patán que tanto ladra es largo, pero toda la medra se le va en vicio. Se llama Argos, y...

El coloso no parecía ofenderse con facilidad. Sin cambiar un ápice la expresión de su cara, largó al aire un moquetazo que estalló certero y fuerte en el hocico de Gandarilla, terminando así con sus apostillas. Luego, como sin darse mucho lustre, se dirigió a nosotros:

—Bueno, bueno, menos conversación, que a mí me valéis todos. Tengo yo un mandado para el que necesito vuestra ayuda, y por el que os aseguro habrá buena recompensa.

—¿Cuál es esa industria? —demandó roncero el pilotillo, rascándose el morro dolorido.

El gigante miró alrededor, y encorvando su humanidad sobre nosotros, nos echó los brazos por lo alto. Casi en volandas nos hizo saltar un muro por la espalda de la capilla de la Consolación. En aquella intimidad, nos desgranó el proyecto:

—Escuchen vuacés, Gandaruela y la compañía: el caso que mi tío, el muy ilustre maese Serna, procurador de la cofradía de mareantes, me ha encargado un grave cometido, para el que tengo que disponer con cierta urgencia y secreto de algunos brazos recios que me auxilien. Se trata de trasladar un pesado cofre que custodia mi tío en su casa de la rúa de San Francisco hasta otro lugar que ha tenido a bien disponer más escondido y retirado, por la seguridad del mismo. Mi tío Serna es persona cabal, que no repara en desvelos en lo que toca a efectos que le han sido confiados, y.....

El perillán seguía hablando y hablando. Yo, a decir verdad, estaba bastante sospechoso con el roneo y los modos de este largo chiquillán. No me gustaba el tono que gastaba, y menos su apariencia desastrada y raquera. Aunque venía de aldea y andaba un tanto privado por los humores de la uva, yo no era un gil: estaba bastante claro que aquel encuentro no parecía muy casual, y que este personaje no tenía en su familia escribano o licenciado alguno, ni tendría en muchas generaciones de su estirpe persona capaz de juntar ponderadamente cuatro letras en un pliego. Era otro áspero machinero, otro perro pinto de la calle pescadora, buscándose la vida con algo de verbo curtido en el muelle de los galeones. La letanía que estaba rezando de baúles y tejemanejes me sonaba canto asaz destemplado y chirriante, de muy poca ley. Pero ¡vale!, no sé qué pasa páter, que hay ciertas envenenadas ocasiones en las que todo viene por derecho, como ya otras veces hemos reflexionado. Tampoco en esta que ahora hace al caso se nos permitió escapar de la aventura. Todo estaba tan bien traído que parecía plato cocinado por trasgos bufones. Después de que Argos macizara, Gandarilla no se demoró, tendiendo astuto el arte.

—Bueno, bueno, dejemos estar las cosas, compañeros. Estamos dispuestos a ayudar a la gente de bien, ¿no es verdad?

El cabrón las acaldaba con arte:

—¿Cuánto nos pagará maese Serna por ese trabajo? —preguntó con fingido interés—. Porque al encargo hay que echarle rato, y estos amigos y yo tenemos intención de continuar con nuestras fiestas...

—¡Quia! No haya penas por dicho de eso, pues no han de ser menos de diez reales por cabeza, que mi tío es conocido por persona abundante y regalada. —contestó raudo el tal Argos.

Y prosiguió:

—Eso sí, debéis guardar el debido secreto, que es asunto de importancia. Yo, mientras que hacéis el porte, debo ausentarme a atender otros graves asuntos de mi tío que me reclaman, ya sabes...

Ambos villanos se miraron con inteligencia. Cané y Martín no decían palabra, pero de sus rostros deduje que andaban confiados, mayormente dispuestos a la faena que se nos presentaba. Quizá más bien debiera decir que andaban pasmados, algo por el relente de la noche, y otro tanto por la bebida y las emociones. Lo miraban todo con media sonrisa sosa plantada en la boca. Quise forzar un breve aparte con ellos para considerar la situación, pero he de confesar que tampoco puse en la tarea mucho afán, pues a mí también me picaba la curiosidad, y deseaba ver en qué paraba todo este enredo. De modo que nos pusimos disciplinadamente en marcha tras el gigantón. Cuando al fin pudimos cambiar algunas frases sueltas en voz baja, vi claro que la suerte del envite ya estaba echada: Cané, como ya le dije, siempre estaba inclinado a las correrías, cualquiera que fueren las consecuencias. Cuando insinué alguna pequeña objeción, me despachó con una expresión de sorna en el rostro y un palmeo condescendiente, de esos que se reservan para los medrosos. Collantes andaba serio, pero lo suyo era quizás de peor índole: estaba inabordable, lejano. Nada parecía preocuparle. O sea, que otra vez me quedé solo con mis escamas, como casi siempre sucedía.

Así fue cómo nos embarcaron el pájaro de Argos y el no menos pillo Gandaruela en aquel desvarío que casi nos hubo de costar presidio.

*****

El motilón de Argos desapareció en la noche, murmurando una débil despedida. Nosotros cuatro cogimos camino con sus instrucciones hacia la puerta de San Pedro, y en silencio atravesamos la Puebla Vieja hacia levante. Íbamos buscando el abrigo de los aleros, pero después de un rato llevábamos encima una muy grande carpanchada de agua. El arroyo de Becedo bajaba brincando fuerte, y entraba por su canal un chorro de aire frío que cortaba como el acero. Apretamos el paso. Callejeando entre retorcidas rúas, al fin llegamos a destino: nos paramos ante un portal inmundo que nos señaló el piloto, y que se abría como un agujero en la trasera de un recio caserón de la calle de San Francisco, lejos de cualquier presencia. Bajaban por allí ríos del aguacero hollando los surcos de la calle y empapándonos las calzas. Gandaruela lanzó entonces un silbido corto pero fuerte, que rasgó el silencio de la noche. Por la pequeña puerta emergió en seguida una vieja con un candil, meneándose flaca y ligera como una rámila. Andaba encorvada y retorneada, que tal me pareció que corriera serio riesgo de colarse por una topera. Abordó directa al Gándara con voz aguda:

—¡Espabílate, modorro, que es tarde! ¿Dónde anda el otro piraván?

Y, acercándose al pilotillo, le propinó un severo capón con una repelente mano huesuda que olía a ajos. Gandarilla se revolvió, amenazándola con un puño en alto:

—¡Déjame en paz, vieja sarnosa, que yo no soy Argos!

Después, un poco más sereno pero aún escocido, masculló:

—Vieja puta, ya está todo compuesto. ¿Dónde está el asunto?

—Anda adentro, que todo se descabala. —ordenó la vieja sin inmutarse.

Yo para aquel entonces ya temblaba. En un hueco del zaguán tenía la vieja escondido una pesada caja de tres cerrojos, que nos hizo cargar a los hombros sin dejarnos abrir la boca. Primero tomó el peso Collantes, más recio que nosotros, y le ayudó en el porte Cané. Dirigidos por un gesto de Gandarilla, tomamos la salida sin hacer mayores despedidas, y empezamos a descender por la cuesta trasera como hacia el norte. La noche estaba asaz destemplada, aunque en este rato se había detenido la tormenta, y algunos luceros se dejaban entrever furtivamente. Avanzábamos resoplando vahos por los callejos que llevaban hacia la muralla. A cada paso se me hacía más claro el desatino en el que andábamos.

Por si fuera poco, me había desorientado completamente, pues la villa por allí se hacía un páramo. Gandarilla, no obstante, sabía muy bien por donde pisaba, pues al cabo fuimos a dar derechamente a un aislado paño de la muralla sobre el que se amontonaban muchas brozas y escorias, formando una gran pendiente. Paramos en la última esquina, y echamos el baúl al suelo para descansar. Nada se escuchaba, salvo algún ladrido de perros lejanos.

Pronto comprendí que la idea de Gandarilla era sacar el cofre a campo abierto, sin pasar por la fiscalía de las puertas. En llegando a este punto, nuestro piloto se sintió obligado a mascullar alguna pequeña explicación, aunque para estas alturas ya estaba bien claro que el negocio era cualquier cosa menos misa de doce:

—Bueno, para ir donde vamos, creo que acortaremos camino y nos mojaremos menos si saltamos por aquí. No vamos ahora a caminar hasta la siguiente puerta, que no son horas tampoco, y...

Entonces Cané se volvió hacia nosotros riendo como un sátiro:

—¿Qué pasa con esas caras? Rediós, compañeros, ni un paso atrás: ¡siempre avante!

Collantes y yo nos miramos, un poco cansados de tanta letanía. Percibí entonces la preocupación que afloraba a su rostro. Razonando que tal vez era el momento adecuado, quise apelar con mis ojos ansiosos a su condición de capitán, para que trajera a camino al imprudente Cané, e impusiera su mando sobre el mangoneo de aquel diablo loco de Gandarilla. Pero Collantes no recibió mi alerta, o tal vez no supo tomar las riendas de la situación. Pasé yo a intentar coger la rueda de aquella nave al garete, y levantando un poco la voz, quise empezar:

—Esto... ¿No sería cosa buena que dejáramos estar el negocio y...?

—¡Silencio! ¡Cojones, no sabía que fuerais tan cortos, que aun haréis que tengamos encuentro con la autoridad! —tronó serio Gandaruela.

Oteamos quietos el horizonte, pero nada se veía. Nos miramos de nuevo.

¡Me cago en el almirante Rooke y en toda su jodida raza! ¡Qué imbéciles habíamos sido, estaba todo tan claro como el agua! Si antes andaba receloso, ahora estaba muerto de miedo. Éramos actores involuntarios de un entremés perfectamente urdido por aquellos dos pícaros, que estaban muy hechos del habla con la vieja. Con seguridad estábamos robando mercadería de mucho valor, quién sabe a qué buenas o malas gentes. Pero era tarde ya para volverse atrás: habíamos dado muchos malos pasos desde la lejana madrugada anterior, y se hacía aconsejable deshacerse rápido del cargamento, antes que comenzar a dar gritos y a alertar a los alguaciles de la villa, para los que no habría cabal explicación de aquel cuadro.

Así que me callé. Bueno, nos callamos todos.

Cargamos otra vez el cajón y empezamos a trepar por la pila, metiéndonos hasta los tobillos en aquella montaña de mierda para llegar trabajosamente a la cumbre. No podíamos evitar mohínes y arcadas de puro asco, pues las basuras despedían un putrefacto hedor. Unida tal cosa a la mojadura, las galas que tanto afán nos habíamos dado en componer se habían arruinado ya completamente. Desde lo alto de aquel escorial aún quedaba altura hasta la cima del paredón, pero un poco hacia la derecha se apreciaba un rebaje, un agujero abierto por donde había caído un trozo de muralla. Haciendo algún equilibrio era posible dar un volatín y alcanzar el boquete. Así lo ejecutamos, y pronto nos vimos Gandarilla y yo mismo encaramados en la grupa de la pared, recibiendo el cofre de manos de los otros. Cuando estuvimos seguros de que nadie se acercaba, el bribón meneó una piedra que parecía suelta, y descubrió un escondrijo practicado en la sillería. De allí emergió un cabo adujado de mena bastante. Levantó la vista sonriendo, y me dijo en un susurro:

—Lo tengo aquí para casos de urgencia...

Hizo firme el cabo entre dos salientes, y lanzó el chicote hacia afuera. Entonces me aleccionó:

—Tú bajarás primero, y luego los demás. Os mando entonces el cofre, guardo el cabo y salto yo. ¿Está claro?

Al fin saltamos todos, y nos encontramos en un páramo cercano a lo que llaman la Mies del Valle. Volvía a llover con fuerza, y apretamos el paso siguiendo la estela de nuestro piloto, cada vez más afanoso y desbocado, con los ojos brillantes como los de un gato. El baúl pesaba un quintal, y el agua de la lluvia nos impedía asirlo con firmeza. En este rato pasé casi más miedo que en el callejeo por la villa, pues aquí no podía verse una braza por la proa, y se escuchaban los inquietantes chillidos de las alimañas del bosque. No sé ni como, llegamos a un soto donde a duras penas se mantenía en pie un cabañón abandonado. Por la carcomida escalera de mano que había en el pesebre, izamos el baúl al pajar.

Allí, benditos sean Noé y su descendencia, nos deshicimos por fin de su pesada carga.

*****

Volvimos a la villa en silencio, oprimidos Martín y yo en nuestros ingenuos corazones con la certeza de haberla hecho muy gorda. El único consuelo era sentirnos unidos, mirándonos de vez en cuando como para infundirnos un poco de ánimo. Cané marchaba serio, pero no iba preocupado en absoluto. Incluso entonaba por lo bajo alguna cancioncilla de tono ligero. Y el que andaba francamente despreocupado era el muy cabrón de Gandarilla, que de vez en cuando se volvía torciendo un poco el cuello para decirnos humorado:

—Alegren las caras vuacés, que ahora viene la danza.

—Veremos si no acabamos bailando con los alguaciles —contestaba Collantes en voz baja.

—O en el cepo, o cosa peor. ¡Bah! Cierra la boca, que llamas la mala suerte. —replicaba desdeñoso Cané.

En esos turbias conversaciones estábamos cuando entramos de nuevo a la Puebla Nueva, dando un largo rodeo y franqueando la muralla esta vez por Santa Clara. Encontramos una fuente, y allí nos sentamos para aseamos y acaldar la vestimenta. Poco a poco recobrábamos el temple perdido, pues no parecía que el horizonte mostrase un peligro inmediato. Al cabo comenzamos a mirarnos entre nosotros y a sonreirnos, como felicitándonos en silencio por el éxito de las maniobras. Gandarilla era el que más hacía por alegrar nuestros semblantes. Pronto empezó de nuevo a embromarnos, incitándonos a la risa con su palabrería y con sus artes, el muy gestero. Subido entonces en un poyete de la calle, ahuecó las manos en la boca y nos anunció:

—¡Ahora corran vuesas mercedes tras de mí, que vamos a dar cumplida noticia del trabajo y cobrarlo como es de ley!

Y saltó corriendo. Cané lo siguió enseguida, haciendo bailes y monadas parecidas.

Salimos Collantes y yo detrás de ellos, ahuyentado el pesar en que nos había sumido aquella historia. Al poco, nos vimos ante la puerta de una gran taberna en la calle del Arcillero, de esas que son tan del gusto de los ingleses y que tanto menudean en su tierra. En el exterior se movía un desvaído cartelón azotado por el temporal, en el que se podía leer el nombre: «El Gallo Ronco».

Sin más historias, allí que entramos.

*****

Sería la medianoche cuando franqueábamos los portones de la taberna, asomándonos desde el cabrete a un amplio salón en el sótano.

Aquello era un jubileo.

El sitio era un conjunto de estancias mucho más capaz que el mesón de Barrio. Había procesión de gentes ruidosas y bullangueras, bebiendo entre bailes y coplas. Se juntaba allí un potaje de tipos de muy diverso fuste: soldados, bachilleres, marineros, quizás algún licenciado distraído de sus deberes, mercaderes dispuestos a aflojar la bolsa, sentados todos ellos a las mesas y cenando opíparamente junto a las matronas. Se gritaba y se reía en un ambiente de olores acres de tabaco y sudor, al que nosotros contribuíamos con nuestro especial aroma de basuras y humedades importado de aquella noche de tantas andanzas. En llegando este momento, pensé que si la aventuras no acababan en «sanmartines», a mí se me habían hecho «marzas».

Pero parecían enderezarse los rumbos, y aproábamos hacia el objetivo que habíamos venido buscando: francachela y trajín. Además, con una sugerente novedad de la que no habíamos hablado nunca entre nosotros, supongo que por los pudores y recatos de la edad. Se trataba de aquellas bellas mujeres que desfilaban ante nuestros ojos con bandejas en alto, dueñas de secretos dones apretados bajo los corpiños, y que no eludían requiebros ni zalamerías.

En pocas palabras, putas.

La verdad es que nadie echó cuenta en nosotros. Gandarilla desapareció, dejando el bullicio por una puerta trasera, y al poco volvió a reaparecer como siempre con una sonrisa nívea en sus dientes. Detrás le venía acompañando un sujeto agareno de traza afable, vestido con un chaquetón colorado de grandes solapas y botones dorados, tal y como yo imaginaba que llevarían los corsarios. Tras de él venía recantoneándose una mujer de mucho imperio, también de color pardo, más desvestida que lo contrario. Gandarilla se hizo un hueco y nos empujó a todos tras unos barriles para hacer una suerte de presentación:

—Aquí tienen vuesas mercedes a mi amigo Boa Morte, uno de los pocos lusitanos honrados que hay, y dueño de este negocio. Y la bella dama no es otra que su esposa, la sin par doña Manuela.

A continuación nos blandió con disimulo una linda bolsilla de bayeta:

—Ah, y aquí está el jornal prometido. El portugués espera que lo gastéis todo en su casa.

—Venga, que es hora ya de disfrutar, *caralho*, que andamos en buena compañía. —dijo el negro.

Y ya lo creo que disfrutamos, voto a Cristo. Aquello fue una fiesta de las que se recuerdan toda la vida, y en el lugar más a propósito de la villa. Nos olvidamos rápido de todas las malandanzas de aquella noche, del cofre distraído, de la vieja y de Argos, de la lluvia, del mal olor, del miedo y de la caminata, como si todo hubieran sido imágenes de una desagradable pesadilla. Durante unas horas nos sumimos en una parranda desbocada, sin que un ápice de mala conciencia o de miedo nublase nuestro horizonte. Tardamos bien poca cosa en meternos en el jaleo, amparados en las buenas artes del mulato portugués y de su mujer, dueña como parecía de todas las mozas que se movían entre la taberna y el piso alto, donde se abrían tentadoras las puertas de las alcobas. Alternamos con los parroquianos como si fuésemos vecinos de toda la vida, y corrió largamente el vino y algún barril de cerveza de los galeones que llegaba rodando con alegría. Todavía estoy viendo a Cané moviéndose a sus anchas, echando los dados con los jugadores en una sala contigua y jaleado por la doña, con quien hizo al instante buenas migas; y recuerdo a Martín entre un grupo de marineros, alzando entre carcajadas a una muchacha a sus hombros. Se oía continuamente la música, pero no sé ni de donde salía. Al cabo de unos cántaros era yo amigo del alma de unos barbudos estudiantes del Colegio de la Compañía de Jesús, que celebraban algún aniversario especial en las mesas del fondo. Nos rodeaban sirenas encantadoras, que reían con ganas nuestros cuentos.

Bailamos y bebimos todos en comandita, y terminé enredado en los brazos de Merceditas. Era ésta una matrona de cierto imperio, que se obstinó en hacerme creer que era bordelesa, y que había llegado como parte del séquito de nuestro rey la noche en que éste atravesara el estuario del Garona camino de la corte de Madrid. Me acordé al punto de las truculencias sobre el infame arzobispo d´Escombleau que me había referido Ventolada, y pensé en lo tenaces que eran los franceses cuando querían. Vi de reojo a Gandarilla y al portugués cantando juntos con aire solemne.

Fue avanzando la noche y la fiesta se movía con su propio compás. Debo confesar que, a partir de cierto momento, mis recuerdos son ya un poco desvaídos, pues no consigo fijar los sucesos a su hora. Sé que cantamos a coro entre todos los que allí quedábamos unas emotivas coplas que tengo la mala fortuna de no recordar, y luego casi todos los candiles fueron apagándose, pasando la atmósfera a ser algo más recogida, más propia del burdel en el que nos hallábamos. Fui perdiendo el conocimiento poco a poco, hasta que me veo otra vez despierto y sudoroso en la cama de una de las piezas del piso de arriba, junto al cuerpo de la recia Mercedes, que resoplaba haciendo gorgoritos como un cachalote varado. Serían cerca de las cuatro de la madrugada, y todavía entonces se escuchaba abajo el rumor sordo de los últimos rezagados parloteando, además de algún estrépito de sábanas y revolcones a través de las paredes de la estancia. Todo me daba vueltas.

Entonces se oyó un trueno desgarrador, que hizo bajar por un momento el tono de las ya mortecinas charlas. Al punto se abrieron los portones de la entrada. Se hizo el silencio, y me levanté a tientas para asomarme a la balconada, a ver qué se ofrecía. En el quicio, y contra la negrura de la calle, se recortaba la desagradable estampa de un individuo bien entrado en años. Era flaco, cojilitranco y retorcido. Envuelto en oscuros trapajos, mostraba una faz abominable, cruzada por un parche. Escudriñó la poca compañía reunida, girando de babor a estribor aquel cuello flaco de gallina, al tiempo que fruncía el morro. Se paró en medio de la estancia, hasta que me percaté por el brillo de su único ojo que había localizado aquello que venía buscando. Levantó entonces el bastón en el que se apoyaba, y al punto blandiolo como una garrota, rugiendo:

—¡Guardias, guardias, está aquí, al ladrón....!

Se desataron allí todas las fuerzas del infierno. Entraron en tropel seis u ocho alguaciles armados, pegando patadas a los escaños y levantando a los borrachos de las mesas sin miramientos. Por la puerta de la bodega vi la expresión de espanto de Gandarilla, que emergía medio desnudo junto con el turbado portugués. Se empezaron a repartir palos entre la concurrencia, que se levantaba profiriendo juramentos de indignación ante el súbito atropello. Con los primeros restregones estallaron en el suelo los pocos candiles que quedaban prendidos, con lo que sólo quedó la escasa luz de la luna que se colaba por las ventanas. Se formó tremenda zapatiesta, páter. Los alguaciles no se paraban en barras, y allí en la oscuridad llovían palos por doquier.

—¡Pequeño Gandarilla, ya te veo, comedor de güeldo, te voy a deslomar! —gritaba aquel desconocido viejo.

Estaba claro que habían venido a prender a Gandarilla. El viejastrón estuvo muy a punto de conseguirlo, pues se movía ligero como el aire, yéndose por derecho a nuestro guía. Llegó a endosarle dos o tres mojicones en la cresta, de los que no pudo librarse nuestro amigo aunque brincó por las mesas como una liebre. Entonces me acordé de los capones de Argos y de la bofetada de la vieja, y pensé para mí: «Gandaruela, al fin todas te las llevas tú...»

—¡Favooor! ¡Sacadme de encima a este viejastral! —gritaba el pobre machinero.

—¡No eres más que broza, ladrón y enredador! ¡Que no escapen de aquí, ni él ni sus secuaces! —graznaba el viejo como un cuervo.

Quedé entonces blanco como la arena. Estaba claro que todas nuestras maniobras de aquella noche con el maldito cotre habían sido descubiertas. Empecé a buscar con la mirada a mis amigos, pero allí no había forma humana de encontrar a nadie. Entré a vestirme, y salí al pasillo golpeando todas las puertas, gritando acelerado:

—¡Dónde andáis, que aquí nos prenden!

Iban saliendo también gentes en camisa de todas las alcobas. Entonces me topé de bruces con Martín. Su cara de espanto era muy de ver.

—Vámonos, Arce, que hoy perdemos el pelo.

Corrimos los dos entre los gritos de las mujeres y los juramentos de los hombres, sin ver las caras de nadie. Cané sin embargo no aparecía.

Abajo se atrancaron las puertas para que nadie pudiera escapar. Por la escalera ya subían los corchetes portando bujías, registrando las estancias a punta de daga y pistolete. Hacían formar en la baranda a todos los que iban encontrando para su reconocimiento. Martín y yo nos batimos en retirada hacia el extremo del pasillo, buscando dominar el miedo y encontrar algún milagroso modo de eludir el escrutinio. Estábamos a pique de saltar al corro y salir rompiendo ventanales, cuando de una puerta emergió la mesonera muy ligera de ropa y nos arrastró adentro:

—¡Por la Virgen Madre de Dios, escapad por aquí, y no volváis a batiros en estas lides! Saltad por la claraboya, y si tenéis suerte y no os rompéis una pierna, tal vez hayáis librado el calabozo. Vuestro amigo ya está arriba...

Cruzamos atropellados la recámara donde había yacido Cané, —el hedor de las ropas era inconfundible—, y nos pingamos apresuradamente de las vigas para alcanzar una ventana que se abría en el artesonado hacía los tejados. Se escuchaba cada vez más cerca la barahúnda de la autoridad acercándose por el pasillo. Collantes salió el primero, y yo aún tuve tiempo de ver un brazo que golpeaba la puerta rudamente, sacando violentamente de la estancia a doña Manuela.

Afuera hacía un frío y una humedad de Cristo Padre. Habíamos emergido a un tejado de dos aguas no muy pindias, por el que debíamos buscar la forma de alcanzar una calle desierta y escapar. Yo no encontraba por donde romper, y seguía los pasos de Martín saltando entre las resbaladizas tejas, procurando no mirar abajo. Collantes resolvió esquilar en pos de la cumbre del edificio. Jadeábamos por el esfuerzo, y salía de nuestras bocas un aliento que parecía humo. Conseguimos llegar a una chimenea desde la que pudimos distinguir más abajo la sombra de Cané sentado en el filo del alero, como preparado para saltar al vacío. Martín le chilló:

—¡Dónde vas, espera que te matas!

Pero aquel loco desoyó el aviso, como solía hacer siempre. Miró hacia nosotros y levantó el brazo, haciéndonos un claro gesto de que siguiéramos sus pasos. Dando un brinco desapareció en la noche. Bajamos raudos hacia aquella mano, arrastrándonos con todas las precauciones, para ver qué suerte había corrido. Observamos entonces que las cosas se torcían un poco más: el desgraciado había caído sobre la cumbre de la casuca de enfrente, que por mala ventura resultó ser un aljibe de techo frágil. Con la violencia del salto, Cané había atravesado el maderamen, y estaba allí afirmado en el pozo como una cabilla, metido todo el cuerpo hasta las trancas.

—¡Sacadme de aquí! —gritaba haciendo muecas de dolor.

La situación era apuradísima. Escuchábase afuera el arrastrar de capas y el ruido metálico de los aceros delante de las voces de los corchetes. Martín me miraba, y al tiempo miraba la sombra de Cané al otro lado de la callejuela. Al fin tuvo el arranque y la resolución propios de los buenos capitanes, aquellas prendas que le teníamos concedidas y de las que había estado tan ayuno aquella noche del cofre. Me cogió por las solapas y me aleccionó: saltaríamos también, pues no había otro modo de escapar.

A todo esto, por las calles crecía el murmullo de los perseguidores, que parecían aumentar de número a cada instante. Se encendían candiles y se abrían puertas:

—¡Han robado el quiñón de la cofradía...! ¡Prended a los ladrones de la gente pescadora...!

Y se escuchaban refilonazos de conversación:

—Han entrado unos rufianes de la machina donde maese Serna. Han hecho un agujero en casa de la vieja vecina, y se han llevado el cofre.

—¡Suerte que el tullido ha descubierto el cambalache!

Mi cabeza hervía intentando comprender el alcance de nuestras malas acciones, pero no dejaba de seguir los pasos de Martín en la fuga. Llegué a la atinada conclusión de que habíamos colaborado en el hurto del famoso cofre de San Martín de la Mar, el que los pescadores de la villa confiaban a la guarda de su procurador, y en el que se custodiaban los libros, documentos y también los apetecibles fondos del común. Sin duda la vieja permitió a los dos machineros hacer el agujero por su casa, pero aquel abominable ser que había llegado a la posada respaldado por la autoridad, -y que debía ser un criado del procurador-, siguiendo el hilo había sacado el ovillo, y había puesto toda la trama al descubierto.

Hice por dejar a un lado aquellos turbios pensamientos, intentado concentrarme en la escapada. Puse mis ojos en Martín, que de manos a boca me dejaba atrás: saltó con un agilísimo impulso y fue a caer al lado de Cané, pero con la precaución de pisar sobre el borde de piedra. Sólo quedaba yo por pasar:

—¡Venga, salta, que en cuanto miren arriba nos descubren! —Martín me arengaba ansioso desde el otro lado, al tiempo que hacía lo posible por rescatar a Cané del agujero.

Yo miraba al vacío y se me hacía un nudo en la tripas. Andaba todavía abotargado por la fatiga y el poco sueño. Me agachaba y me incorporaba sobre el extremo del alero, como un polluelo al borde del nido. Pero el otro edificio se me hacía distante a leguas, y mis piernas estaban agarrotadas, trincadas como los mástiles de una fragata a la fogonadura de su cubierta. Mientras tanto, los alguaciles debían haber dado con nuestra vía de escape, porque se oía ya un murmullo de voces provenientes del mismo tejado. Esto me hizo sentir una fuerte oleada de calor por todo el cuerpo. El pánico a ser prendido y quedarme solo me impulsó: me levante, cogí aire y, cerrando los ojos, me encomendé a Nuestra Señora y di un volatín en el aire tan alto como pude. Crucé el vacío sobre la calle, sintiendo un frenético remolino entre mis piernas. Por milagro pude asirme al alero del pozo. Me doblé las muñecas, y al punto sentí un recio dolor en los antebrazos, como si me los hubiera roto. Cuando dudaba de si al fin mis manos me iban a dejar caer, Martín me aupó con firmeza.

Mientras sacábamos a Roque de su agujero, los alguaciles nos descubrieron desde el tejado del burdel:

—¡Alto, alto a la autoridad! ¡Por abajo, presta una guardia, que no escapen...!

Ahora sonaron disparos. Corrimos los tres por el borde del pozo, haciendo equilibrios con los brazos. Pisábamos el verdín del muro con el miedo a resbalar e ir a perder nuestra joven vida contra las piedras de la rúa. Pero correr era la única ocasión de mantener la escasa ventaja de la que gozábamos. Del otro lado del aljibe había una tejavana de aspecto firme, buena a nuestro propósito de ir bajando de altura. Sobre ella dimos en saltar, quedando así a seis pies sobre una calleja sucia en la que se veía la soledad de un carro varado. Nos lanzamos sobre el mismo, pisando en silencio como gatos. Rompimos luego a correr, siguiendo el compás de un Collantes que había cogido firmemente el timón de la huida.

Al cabo de unos minutos conseguí orientarme un poco: callejeábamos siempre en descenso, buscando los muelles, hacia la parte del Arrabal de la Mar. Se oía el confuso coro de voces detrás, pero no volvíamos la cabeza, cual si corriéramos el riesgo de Lot. Llegó un momento en el que perdimos la noción de la cercanía de nuestros perseguidores, pareciendo que los hubiésemos despistado. En llegando a la muralla, vecinos ya a la puerta del Peso, paramos un instante a coger resuello, mirando recelosos nuestra popa. Allí empezamos a maquinar alguna forma de trasponer la puerta y llegar a «La Galana».

Volvía a soplar el viento, que ululaba entre las calles amenazando avivar de nuevo el temporal. En esas estábamos, sin haber resuelto nada, cuando sentimos el rutar de la masa que se había organizado más arriba: una turba comenzaba a llegar de la puebla, ocupando dos o tres calles con antorchas en las manos, formando unos cortejos que imponían. Entre los alguaciles y soldados venían también los pescadores que se habían unido a nuestra persecución, coreando consignas y enardeciendo al tropel. Blandían largas garrotas, que poco me costaba imaginar cayendo sobre mis blancos lomos, e incluso relucían algunos cuchillos de pesca no menos inquietantes. Todas las ventanas se iban iluminando. Estábamos acorralados entre aquellos pelotones y la muralla, por la que empezaban a aparecer también algunos guardias de las puertas cercanas, cerrando el lazo sobre nuestra posición. La situación tornaba crítica.

Entonces fue cuando Cané tuvo otra de sus ideas. Y fue una propuesta a la altura de su natural arrojo y desprecio del peligro. Una osadía de difícil práctica, pero que de nuevo parecía la única solución. Ante el apuro en el que nos veíamos, decidimos a toda prisa que ya no se perdía nada con hacer aquella desesperada intentona.

Nos acercamos sigilosos hasta unos pocos pasos de la puerta de la muralla. Allí se protegía una guardia de tres o cuatro hombres, capeando la mala noche. Andaban moviéndose nerviosos, interrogándose sobre el origen del rugir de la masa que bajaba por las calles. Una vez puestos en suerte, Cané se cuadró en medio de la calle, y aulló con su impostada voz de autoridad:

—¡A mí la guardia, que aquí tengo a estos rufianes...!

Los guardias se volvieron súbito, y corrieron como posesos hacia él. Viéndoles llegar, Cané los manejó con audacia e imperio:

—¡No os demoréis, seguid, seguid, que se han metido en aquel portal!

Martín y yo aprovechamos para salir desde el otro extremo de la calle y ganar la puerta. En ella no había quedado más que un hombre, al que cogimos por sorpresa y desbaratamos con dos palos sabiamente administrados. Casi al instante nuestro intrépido amigo rompió a correr hacia nosotros, aprovechando la confusión de los guardias. Al ver la inopinada huida de Cané, cayeron en la cuenta del engaño y dieron la vuelta furiosos, echando tales juramentos por la boca y con tanta rabia, que hasta escalofríos tengo de volverlo a recordar. Esto no hizo sino avivar el paso de nuestra carrera hacia la playa, ya por fuera del recinto de la villa. Corrimos y corrimos sin reservar fuerza ninguna, calados y soportando el repique de la lluvia en las caras, hasta que llegamos a nuestra chalupa. Entonces la fortuna nos esbozó una nueva sonrisa, pues con la marea alta estábamos casi a flor de agua, y pudimos botar la embarcación rápidamente. Empujamos el casco dejándonos el alma. Cuando sentí deslizarse la quilla sobre el agua, cerré los ojos y suspiré aliviado. Martín agarró el timón, y nos puso en seguida a bogar.

A lo lejos se veía el reguero de antorchas que llegaban al playazo, y hasta se podía sentir la frustración de los perseguidores en los alaridos que lanzaban. Nadie se atrevería a seguirnos debido al peligro de la oscuridad y aquel endiablado tiempo.

Habíamos ganado la primera batalla, y ahora se planteaba una segunda cuestión: el regreso a casa. No teníamos ésta por menor empresa, pues era aún noche cerrada y el frío pelaba. Aunque no llovía con saña, el viento era quien gobernaba. Collantes había recuperado en las últimas horas el mando de la expedición, y eso me hacía confiar un poco más en la fortuna del desenlace. Pero, aun con todo, habría mucho que bregar. Conseguimos con unas bogadas acompasadas ganar la canal, y con la luz de la luna nos ubicamos con suficiente punto como para saber navegar al nordeste con seguridad, haciendo bordadas cortas y con una sola vela. Ante el peligro que suponía intentar dejar la bahía en condiciones tan precarias, Martín sentenció:

—Arría la vela, Roque, que nos paramos.

Y sentándose de golpe, añadió:

—Vamos a amarrarnos a algún bote. De día, cuando calme y haya luz, salimos.

Y así ejecutamos la maniobra, aprovechando el fondeo de una pinaza. Quedamos en hacer de serviola por guardias, a fin de poder descansar.

Durante este tiempo me recosté en la popa, cerrando los ojos y dejando que los acontecimientos de aquellas intensas horas se pasearan por mi memoria. Fue el momento de hacer algunas reflexiones apresuradas sobre nuestros comportamientos y actitudes. Me acordé de la inmensa Merceditas dormida y del perfume de su cuerpo, que aún permanecía obstinado entre mis ropas. Tenía en la garganta como un nudo de sabores dulzones, que no sabía si me resultaba agradable o no. Pero, a pesar de la evocación de este ofuscado encontronazo, de tintes más bien claroscuros, la cabeza pronto se me iba por otros derroteros. Repasando el vértigo de las últimas horas, no pude por menos de admirar, un punto envidioso, las calidades exhibidas por mis amigos en aquellos extremos que habíamos pasado. El uno era arrojado, decidido, con soluciones geniales para los peores trances. El otro aplomado, dotado de temple y mando, mayormente en lo que tocaba a las artes de la mar, donde no cabía discusión sobre su imperio. Pensaba yo que esos eran atributos que a mí me faltaban, y que precisamente eran los galardones que más me apetecían: yo nunca podría correr leguas por el mundo, pues estaba claro que era medroso y me mostraba siempre remiso a la comisión de cualquier exceso. Y sin valor ni capacidad de gobierno, lo mejor que podría hacer era abandonar mis anhelos de marino aventurero y dedicarme a labores reposadas, en las que el buen juicio y la prudencia fueran herramientas de mayor utilidad. De los tres, pensé, al fin soy yo el único errado, pues éstos dos han nacido para crecerse en estas suertes, cada uno a su manera. ¡Bah! Sería afortunado si algún día pudiera acabar siendo un piloto mediocre, uno que al menos no diera notas destempladas mareando la aguja por estas bajuras.... ¡Voto a tal! enamorado como estaba de la mar y de la aventura, y ellas rechazándome... Mejor sería dejarlo todo correr, y dedicarse a la escribanía u ocupación parecida.

Muchas veces he repasado con una sonrisa aquellos pensamientos atormentados.

*****

Llegó la luz del día, y me cogió medio dormido y asaz hambriento. El sol no se dejaba entrever, porque el horizonte no era sino una rueda pintada de grises. El viento había caído como predijo Martín, pero se veía que aquel recalmón duraría poco. Por poniente se encastillaban en el cielo nubarrones acerados, que casi querían tocar la mar. Collantes nos espabiló, y cogió decidido el timón:

—Vamos, vamos, que ahora es el momento. Si no salimos pronto nos coge el temporal.

Largamos trapo con prudencia, y comenzamos a ejecutar la peligrosa maniobra de intentar montar las rompientes sin aconchar sobre las temidas Quebrantas. Navegamos siempre ciñendo en bolinas ardientes, virando con prudencia y por avante, para no abatir demasiado a los arenales. Martín manejaba con mucho arte esta evolución, dando las precisas instrucciones a las velas y moviendo la pala en un perfecto compás. Gobernaba siempre vecino a la costa segura y profunda de poniente. En el momento adecuado, dejamos arribar un poco la proa para ganar velocidad y montar los remolinos con algo de impulso. Pasamos entonces alguna zozobra cuando el casco se encalabrinó y rabeó como un toro herido; pero estábamos concentrados y tensos en nuestras labores, sabedores de que nos iba la vida en la perfecta ejecución de la maniobra. Cuando al fin nos vimos en franquía, nos miramos los tres en un instante sublime de inteligencia. Iba clareando un nuevo día, y habíamos logrado escapar.

Cané y yo cazamos velamen y nos sentamos apoyados en el costado. Todavía sin hablar, nos restregamos los ojos, pues el sueño nos alcanzaba en cada reposo. Sin embargo la expresión de Martín no era tranquila, pues vigilaba nuestra estela, ceñudo y amoscado con el viento y la mar que se venían arriba. A pesar de que navegábamos en popa recalaba mucha leva, y al tiempo que salíamos de la defensa del cabo, las olas crecían de tamaño y tornaban más oscuras. Por si fuera poco, parecía que la borrasca arreciaba sobre la costa que dejábamos atrás, ganándonos terreno con rapidez.

—Ya lo dice el maestro: «de poniente, ni viento ni gente», masculló Collantes.

—Pues él es gallego. —remedaba Cané.

Yo miraba preocupado a Martín. En ese preciso momento comenzó a llover, pues nos habían alcanzado unas nubes negras como panzas de burra. El viento soplaba crecido y enrabietado en frías rachas, hinchando las velas con riesgo de reventarlas. Arriamos algo de trapo y tratamos de cubrirnos con los capotes y los sombreros. Pero aquello crujidos del casco parecían dispuestos a no dejarnos un momento de sosiego, el cabeceo era cada vez más violento. Al clavar la proa, embarcábamos tanta agua que no la dábamos achicada a pesar de los esfuerzos. Por si fuese poco, estábamos llegando a ver nítidamente los negros bajíos de Cucabrera, en donde tantos naufragios se contaban en el pasado. Había que orzar para ganar algo de norte, pues de otro modo acabaríamos en las piedras. Al meter pala a barlovento, el barco levantó la proa como un toro lanceado lanzando una zamostada. La nave brincó como queriendo ponerse de pie, y por un instante creí que nos atravesábamos sin remedio. Nos agarramos a las bancadas gritando, y en la caída rompió la amura contra el seno de la ola, partiéndose una traca talmente como si fuera la cáscara de una nuez. El miedo me arrasó como líquido veneno. El paisaje alrededor era un velo blanco de espumas sobre olas gigantes.

No he vuelto jamás a verme tan indefenso como viérame en aquel caos: ni en el imprevisible y alocado Caribe, ni en el viejo Mediterráneo. Aquello era un mar adulto, desbocado y asesino. Era un Saturno que no tenía piedad de sus hijos. Cada golpe que daba el lanchón anunciaba ser el último. Recuerdo perfectamente haber rogado a Dios no morir en los acantilados de Ajo, aquellos que tantas veces había oído rugir desde casa. Pedí la misericordia de morir más cerca de la ría, contra una playa en la que amanecieran al fin nuestros restos, y no en aquellas paredes de piedra, altares paganos que no dejarían a nuestras madres ni el consuelo de un funeral cristiano de cuerpo presente.

Sin embargo, ¡vive Cristo! Ya le dije, páter, que hay barcos que quieren a sus patrones, lo mismo que hay perros o caballos que caminan tras su dueño hasta el fin de sus días. «La Galana» se creció en aquel su último viaje, estando sin duda alguna a la altura de la mejores fábricas que hayan salido de nuestras atarazanas. Un vaso digno de lo mejor que las manos de un hombre han podido construir para la salvación de otros, aguantando marinera los embates más allá de lo que la prudencia y el buen juicio harían esperar de una cascarón mal conservado y abandonado durante tantos años.

Cuando nos atrevimos a mantener algún equilibrio sobre cubierta, dejamos una vela mayor muy corta, arriando la entena y abatiendo lo poco que quedaba del trinquete, tronzado por mitad. Nos colocamos los tres en la popa, achicando agua con dos tangartes, mientras Collantes se aferraba al timón y rezábamos todos en voz alta, respondiéndonos los unos a las oraciones de los otros.

No sé ni como sucedió, tal vez por una sucesión de milagros, pero montamos el cabo de Ajo pegados a las piedras y sin tumbar sobre ellas. Quedaba entonces encontrar un sitio limpio para varar, con la suficiente arrancada para poder alcanzar tierra antes de que el agua que embarcábamos nos llevara al fondo sin remedio. Recuerdo que debatimos ofuscados, para terminar decidiendo hacer la intentona con algo de margen en el amplio arenal de Noja que llaman Ris.

Pasamos Quejo avante y con escaso gobierno, subidos en poderosas crestas de espuma nívea. Martín viró lo que pudo, forzando el rumbo para aproar la playa en su medianía, donde sabíamos que era limpia de obstáculos. Pero la mar nos tiraba obstinadamente sobre la esquina de levante, allí donde la costa despide varios islotillos de gran peligro como el pequeño de Garfanta, y el más próximo e inquietante de San Pedruco. Hacia allí derrotábamos al garete y sin remedio, llevados de la violencia del viento y de la mar. Cuando ya no cabían sino un par de esloras de distancia al naufragio, Martín echó sobre el timón toda su humanidad en un último empeño de evitarnos la muerte contra el roqueo. La pala rompió, pero la chalupa obedeció la última orden de su vida y viró bruscamente a estribor. Montando sobre una gran ola se deslizó hacia la playa, para acabar estallando en mil pedazos sobre las piedras que velaban por dentro de la isla, a escasas brazadas de tierra firme. Saltamos por los aires, despedidos como muñecos de una barraca. Entonces pensé: «Se acabó. Después de todo, vamos a morir reventando en la orilla....».

Cuando tragué el primer buche arenoso y salobre, noté que estaba vivo. ¡Vivo y mil veces vivo!... La resaca tiraba de mi cuerpo hacia atrás, como si el demonio todavía se solazara en un último amago de arrastrarme a los abismos. Pero la terca voluntad de sobrevivir emergió con rabia. Braceé y pateé con toda el alma hasta tocar fondo. Me arrastré, hundiendo las uñas entre la arena y las piedras, hasta que pude dejarme desplomar en un palmo de agua.

******

Salvamos la vida con muy poco quebranto, tan solo algunos rasguños sin profundidad. Sin duda la buena estrella de los navegantes brilló para nosotros aquella noche, pues hoy tengo la impresión de que sobrevivir al naufragio fue un hecho milagroso. Fuimos recogidos del rebalaje por unos pescadores en tierra, entre los que se hallaban el padre de Cané y mi propio tío Juan Francisco. En Isla y Ajo se habían pasado la noche rezando, velando la costa con la esperanza de que el temporal que habíamos desafiado no nos llevara para siempre. No hubo tiempo de componer una historia cabal que referir sobre nuestras andanzas, pero coincidimos los tres sin haberlo acordado en mantener el silencio, dando pocos detalles de la singladura y sin hacer mención alguna a la aventura y los peligros corridos en Santander. Defendimos, sin entrar en demasiados pormenores, la primera patraña urdida antes de zarpar: la noche de pesca. Nos llevaron a cada uno a su casa, dando aviso por delante a las familias de nuestro rescate.

Es curioso, pero en el momento de separarnos miré a los amigos alejarse, recogidos entre los brazos de sus familiares. Tuve una profunda sensación de vacío y tristeza, algo que nunca antes me había sucedido. Seguí camino junto a mi padre, al que por vez primera vi arrasado por la preocupación, con el rostro ajado y despuntando blancuras en el pelo de tan mala noche.

Cuando remontamos el callejo de casa me pareció haber estado fuera durante años.

VI

PLEAMAR

Pasaron los días y los meses, quedando atrás un invierno que fue recordado por lo duro de sus tiempos. Comenzó a correr el mágico año de 1.717.

Los tres amigos continuamos estudiando con el maestro, en lo que nos anunció como nuestras últimas lecciones bajo su tutoría. Según su juicio, no cabía hacer más conocimientos que no fueran ya en la mar. Por ello, y tal vez intuyendo que pronto echaríamos en falta aquellos felices tiempos de academia en la casona de Isla, estábamos los tres más unidos que nunca, procurando separarnos el menor tiempo posible. Compartíamos nuestras vidas hasta el extremo de haber desarrollado una jerga particular, que utilizábamos para hacer distancias con el mundo y reír por todo. Entró lenta una preciosa primavera en la que escuchamos el cuco una mañana de abril en los pinares de Castellano. Pasamos largas horas estudiando las últimas aplicaciones, manejando el cuadrante de Davis sobre los acantilados, y ayudándonos por las noches a resolver los cálculos más difíciles.

No sé qué sucedía, páter, pero en estos días que avanzaban lánguidos hacia el verano presentía la felicidad acercarse a mí como nos alcanza una leve sombra. Tenía esa misma intuición de plenitud que andaba rondándome las últimas primaveras, pero que no había cuajado aún. Comparaba esta excitación de mi ánimo, -fugaz premonición-, con el momento mágico que precede a la pleamar sobre las marismas. Es el tiempo que se detiene, como las aguas que cubren las riberas mansas con su manto. «Ahora es, algo pasará muy pronto», me susurraban las brisas. Veía por doquier señales inequívocas de que se avecinaban grandes acontecimientos. Avanzaba el calor, y cada minuto que el día ganaba a la noche en su eterna pugna era otro motivo mayor de alegría, otro signo que anunciaba un venturoso e inolvidable verano.

Una jornada de primeros de mayo don Tomé nos comunicó que debía poner fin a su magisterio. Nos reunió de buena mañana en su biblioteca, que se permitió abrir por última vez a nuestros ojos. Quedábamos entonces tan sólo cinco muchachos en su aula, los tres amigos y dos hermanos gemelos que venían del astillero de Jergote en Colindres. Todos juntos y en silencio escuchamos el último discurso de nuestro profesor, que, emocionado, fue dándonos a cada uno un mensaje personal de aliento para perseverar en el camino iniciado. Se felicitó porque creía que habíamos hecho un buen trabajo, pues quedaba poca cosa que enseñarnos entre pliegos y libros. Nos habló al corazón, con los ojos arrasados, dejándose llevar por el cariño que había nacido entre las paredes de aquel caserón. Brindamos por la venturosa marcha de nuestras carreras en la mar.

La despedida resultó aun más dura cuando don Tomé nos comunicó que en pocos días debía mudar su residencia cerrando la casona, pues había entrado en obligación de acudir a Guarnizo a ponerse las órdenes de un relevante personaje de nuestras armas: se trataba de don Antonio de Gaztañeta, que había vuelto para impulsar el negocio de fabricar reales para Su Majestad. Parece que entre ambos marinos había vínculos viejos, tal vez surgidos en los años de Indias. El caso es que en poco tiempo estaba cambiando nuestro horizonte, con lo que se me cruzaron diversos pensamientos acerca de la posibilidad de embarcarme ese mismo verano. Pero antes de que ninguna idea tuviera tiempo de posarse, el maestro me llamó aparte:

—Vamos, Arce, tenemos que hablar. —me dijo el viejo marino, cogiéndome por el hombro.

Paseamos por el camino de acantilado, y después de un rato de norteo don Tomé empezó su discurso:

—Muchacho, hace tiempo que debo haceros unas reflexiones acerca del futuro. No quiero que esto os envanezca, ni que hagáis cuentas erradas, pero tengo que deciros que sois el más capacitado de todos mis alumnos para hacer una buena carrera en la mar.

Quedé muy sorprendido. Nunca había sospechado que el maestro me tuviera en tan alta estima. Quise objetar acerca de mis compañeros, pero no me dejó continuar:

—Mirad, tengo muchos años pasados en la mar y sé lo que me digo. Martín tiene capacidades innatas que todos hemos apreciado, pero veréis como al final le estorbarán sus prejuicios y no podrá superar la tentación de una vida acomodaticia: es una pena, pero no tiene altura de miras. Roque es un gran muchacho, pero está demasiado loco para este azaroso mundo. De los otros ni hablo, pues tienen perfectamente tasado su porvenir en los barcos del país. Bien es cierto que puedo equivocarme en mis cálculos, pero creo que sois el único con potencias para hacer una larga carrera en la mar. Una carrera de la que se pueda estar orgulloso.

Aquellos halagos me sobrepasaban. Me acordé al instante de la aventura en Santander, del naufragio de «La

Galana» y del resabio de aquel episodio. Pero no encontraba camino para hacerme entender. Además, el maestro se oponía a cualquier reproche que yo me hacía:

—Nada que me podáis decir cambiará mi idea, pues lo que os digo no sólo es cuestión de razones. Habréis de sufrir mucho, algo que todavía no sabéis, pero tenéis madera para superar las adversidades. Y es por todo esto que pretendo beneficiar en lo que pueda vuestros primeros pasos, si no encontráis en ello inconveniente. Tengo planes muy concretos que ahora no puedo desvelar. Sólo digo que debéis pasar aquí el verano, y quedar pendiente de mis noticias.

Seguimos el camino con el viento en la cara, subiendo y bajando la pradera que tapizaba el acantilado. La náusea de estar decidiendo mi futuro me embargaba, no sabía qué decir. Al punto me acordé de mi tío y del caballero Cornejo, quien se había comprometido en mi ayuda. Se lo recordé al maestro, que no escondió un gesto de contrariedad:

—No hagáis desprecio de ningún camino, pero ahora os pido algo de paciencia, confiad en mí. Después, vos mismo seréis quien marque los rumbos.

Estábamos de vuelta en el caserón. Salí por el camino hacia la verja sin mirar atrás. La cabeza me bullía ¿Cuáles serían aquellos planes que el maestro me reservaba? Caminé hacia casa con el ánimo tan exaltado que no me daba ni cuenta de que caía una fragante llovizna. Me cubrí, marchando con el sorbetón de las gotas dulces que corrían por mi cara. Estaba halagado, incluso un poco envanecido por las palabras de don Tomé, pero también preocupado por lo que me responsabilizaban. ¿Y si se equivocaba en sus juicios, y resultaba el muchacho medroso y pacato que yo creía ser? ¿No le defraudaría si no era capaz de estar a la altura de sus planes? Además, cavilaba sobre mis amigos. Me dolían las reflexiones del maestro acerca de ellos.

Tal vez no me dolían, sino que temía que fuesen ciertas.

*****

Don Tomé de Nogueira desapareció a los pocos días, tal y como nos había anunciado. Quedamos algo descuajados, sin saber en qué cosa ocuparnos después de tanto tiempo hechos a las rutinas del estudio. Las primeras jornadas de junio las echamos en pescar en la canal y en otras holgazanerías parecidas. Se nos antojó también emplearnos con el cantero que reparaba la Casa de las Ballenas en Isla, para el que traíamos las carretadas de piedra y tejas que hacía «El Asturiano», siendo nuestro paso con la yunta el espectáculo de los caminos entre Meruelo e Isla por las trapisondas que formábamos. No dábamos más que en extravagancias como estas, felices de poder nadar entre las aguas de dos edades, ajenos todavía a cualquier clase de obligación. La noche de San Juan celebramos la fiesta que se hacía en la ermita de Ris.

Cuando parecía que íbamos a perder todo el verano en naderías, llegaron noticias del maestro. Había una carta a mi atención entre las que enviaba al Palacio. Me anunciaba que estaba en el Real Astillero de Guarnizo, y me ofrecía un corto empleo de algunas semanas a su lado. Allí aprendería nuevas aplicaciones de las artes de la mar, en las que estimaba que debía estar avisado. Como me había decidido a seguir sus consejos y a confiar mi futuro próximo a sus designios, no albergué muchas dudas: hablé con padre y el tío Diego para acudir presto a su llamada.

Me despedí con cierto pesar de los amigos, que empezaban entonces a salir con otros de Quejo a trainar la sardina para sacar unos cuartos. Dispuse unas cortas pertenencias, y una madrugada de las primeras de julio pasé caminando hasta Somo, donde embarqué al amanecer en un batel que traía las duelas y los remos de Mobardo. Se avecinaba un húmedo y caluroso día, propio de los primeros del verano. Llegué a Guarnizo bien entrada la tarde.

El trajín de aquellas atarazanas al sur de la bahía era un espectáculo. Sin duda Su Majestad ponía ahora alto interés en la fábrica de navíos, hecho apreciable en las medidas de seguridad que se habían dispuesto. Desde mucho antes de la embocadura de las rías de Solía y Tijero se veían por las orillas pequeños apostaderos de vigilancia, incluyendo dos garitas fuertes al pie de la Puente. Desde todos estos puntos se vigilaban los movimientos de cualquier embarcación que se moviera en las canales, fuera grande o pequeña. Después de desembarcar en los ribazos de Mobardo, subí a pie hasta las gradas de las fragatas. Allí había que superar también un severo control, en el que hube de exhibir una carta pasavante de don Tomé. Recuerde Su paternidad que corrían años de febril actividad, pues se estaban esperando grandes acontecimientos para nuestras flotas. Desde que llegara maese Gaztañeta, se habían dictado órdenes tajantes en lo tocante a la custodia de las instalaciones y a la entrada de extranjeros.

Me asomé ocioso a un escalón de las gradas mientras esperaba al maestro. Olía profundamente a madera joven, betunes y breas. Era de ver la precisión de los calafates y carpinteros, moviéndose con seguridad en aquel hormiguero en el que parecía no reinar orden ni concierto. Sin embargo todo el mundo se aplicaba a lo suyo con afán, y los progresos eran evidentes. Se estaban levantando los costados de lo que parecía una preciosa fragata que no habría de portar menos de treinta cañones.

—¡Sed bienvenido, muchacho! —el maestro llegó corriendo.

Nos fundimos en un abrazo. Luego me miró sonriente y me llevó de la manga:

—Os estaba esperando, habéis de ayudarme en una importante tarea. Vamos, quiero llevaros a ver al General.

Nos acercamos a una bonita construcción de dos plantas vecina a la iglesia parroquial, desde cuyas ventanas podían verse los trabajos. La puerta principal estaba abierta, dando paso a una amplia sala en el que se celebraba una reunión. Todos allí se movían con gesto diligente alrededor de varias mesas en la que se desplegaban dibujos y planos. Se hablaba en altas voces, y pasaban de mano en mano piezas de madera de muy diversas formas, a cuyo contacto se sucedían visajes de admiración y agudas observaciones.

En medio de este trajín destacaba en un extremo la figura de un elegante hombrón entrado en años, cuya cara sostenía facciones largas y señoriales. Atendía desde el fondo de unos amplios ojos azules de expresión cansada las explicaciones que se afanaba en darle un individuo bermejo con lentes y cara de ratón. De pronto, cuando el ratón pareció acabar su discurso, el viejo general le miró con expresión demudada, que ahora era de gran furia:

—¡Pequeño judío ladrón, maldita sea tu estampa, desaparece de mi vista!

—Excelencia, no se excite, que esto es tan sólo un proyecto y...

—¡Fuera de aquí, carroña, explotador de la buena fe, agarrador de las haciendas...!

Y al tiempo que le adornaba con semejantes improperios, el hombrón lanzaba con apreciable puntería todo lo que cogía su a su mano, botellas, vasos, trozos de madera, y hasta un candelabro de bronce. Algunos de los allí reunidos reaccionaron, llevándose en volandas al sorprendido hombriaco, que aun sacado por la puerta no cejaba en su intento de volverse dando explicaciones.

Esta zapatiesta se aclaró rápido, y sirvió para que se desalojara un poco el abarrotado salón. Mientras marchaba la mayoría, el general se iba calmando, secándose el sudor y prendiendo una pipa cerca de la ventana. Aprovechamos para acercarnos y el maestro me presentó:

—Excelencia, este es el muchacho que ha venido a trabajar a mis órdenes. Espero mucho de él.

—Ah, sí? —miró distraído por encima del hombro, dando fuertes chupadas a la cachimba.

Luego se volvió resuelto:

—¿Cuál es vuestro nombre?

—Juan de Arce, para servir a su Excelencia. —contesté yo.

—Arce, habéis de saber que no hay cosa que más me pueda que los ladrones.

Comenzó a espiritarse de nuevo, aprovechando la atención que yo le dispensaba:

—Este pájaro, que por mis pecados debo sufrir, es el asentista Luciano Robles. Pretende extender su trapacería sin tasa, después de haber construido dos de los peores bajeles que han salido de aquí en muchos años...

—¿Será hijo de la grandísima...? — se oyó a un acólito.

—¡Y ahora quería subir en mil ducados el contrato! En verdad que no he visto en mucho tiempo latrocinio de la manera. Su Majestad tendría más beneficio limpiando esta cueva de ladrones que molestándose en extender el Imperio.

Quedó un instante callado, y luego soltó:

—Vamos, seguidme.

Salió echando humo hacia el piso de arriba, y el maestro me hizo una seña para ir detrás. Una vez allí, pasamos a una pequeña estancia abierta a una graciosa balconada, desde la que se oteaban todas las fábricas en marcha. Nos hizo instalarnos en una mesa, en las que nos acomodamos a tomar vino dulce.

—Hace tan sólo dos meses que llegué, y ya he tenido que zafarme ya de tres indeseables flamencos que venían buscando informaciones para vender a las potencias.

—¡Vive Dios, que a esta villa llega todo el mundo! —bromeó el maestro.

El general no hacía caso de mejoras:

—Y ahora este bergante medrador, amigo de la plata del rey, se cree que me ha engañado. —se serenó un poco, tomando un delicado sorbo del licor—. Bueno, dejemos todo esto. Lo importante ahora es dar avante con nuestro trabajo: en primer lugar, quiero que vuesas mercedes se dediquen en cuerpo y alma a transcribir mis notas para la redacción de una obra que ha de ser definitiva. Nogueira os instruirá, muchacho.

—Si me permite, Excelencia, diré que Arce va a serme muy útil a este propósito, pues redacta con claridad y tiene conocimientos sólidos de gramática. Pretendo, con su permiso, aprovechar el trabajo para instruirle en materias de construcción de bajeles, que han de hacerle mucho provecho. También deberá perfeccionar el francés que le he enseñado.

—Claro, claro estoy muy de acuerdo en eso. Pero cambiemos ahora de tema. Muchacho, bajad al salón de gálibos y esperad allí. —ambos se miraron con cierta complicidad.

Me levanté presto, viendo que se meneaban inquietos por quedarse solos. Aquel misterio me enceló, así que me hice el roncero bajando la escalera, atento a la conversación que entablaban:

—Estoy francamente excitado porque me llegan muy privadamente noticias de Patiño en Barcelona: parece que se ha hecho a la mar esa poderosa flota que se estaba armando. —el general hablaba en un susurro.

—¡Por fin! Y bien, ¿qué se sabe? —demandó el maestro ansioso.

—Nada. Pero estoy persuadido de que su objetivo no es otro que el que ya sospechábamos hace meses.

—Gaztañeta hablaba muy serio, mirando al horizonte—. Mas con el abate ya se sabe, no cabe hacer cuentas muy largas sin temer que alguna termine saliendo errada. En fin, Dios dirá.

—Yo me congratulo, pues bien creo que la suerte está echada. —don Tomé hablaba ahora con cierto aire entre enigmático y pomposo, que me tenía desconcertado.

—Siendo así, querido Nogueira, habrá que estar preparados para mover la ficha adecuada. —apostilló Gaztañeta.

Se levantaron en silencio, y yo caminé de puntillas para terminar de bajar la escalera. Allí sin duda se cocía algo muy importante, y yo tenía que enterarme de qué se trataba.

*****

Pasamos tres intensas semanas transcribiendo pliegos, ordenando bocetos y estructurando los capítulos de la obra magna que Gaztañeta tenía en preparación. No era otra cosa que un compendio de sus muchos conocimientos sobre arquitectura de navíos y fragatas, que pretendía publicar con un farragoso título que no hace ahora al caso. Nosotros sin embargo nos referíamos al proyecto simplemente como «Proporciones», que era el nombre del manuscrito que estábamos remozando. Don Tomé me sorprendió de nuevo por sus capacidades, que parecían no agotarse. Dirigía todos los esfuerzos con inteligencia, y daba continuas muestras de profundo saber. Yo simplemente podía quedar boquiabierto ante sus luces, pues era mérito suyo incluso la reducción de los vocablos del vascuence original de Gaztañeta, como si hubiera dominado esta lengua toda su vida.

Además de nosotros y un par de buenos dibujantes, allí vino a colaborar un sobrino lejano del general, un muchacho un poco mayor que yo que se llamaba Enrique Mendía. Pronto hube de darme cuenta de lo avisado que estaba en las cuestiones náuticas, e incluso de su mayor experiencia, pues venía de estar cerca de un año embarcado en las urcas holandesas. Trabamos sincera amistad, pues era un tipo sano, siempre con la sonrisa franca. Era él quien me tomaba por las noches la lección de francés, lengua cuyo dominio habría de serme indispensable en un futuro no lejano. Y no me manejaba yo del todo mal en estos menesteres.

Trabajamos los tres muy duro en las mesas y en las gradas, codo con codo, mientras veíamos por las ventanas pasar al general afanado en sus problemas, ora perseguido por una cohorte de asentistas y suministradores, ora persiguiendo él a toda la chusma, lanzando objetos por doquier y recitando letanías de improperios como un basilisco, mientras sus ayudantes hacían vanos intentos de contenerle. Luego, colorado y resoplón, cogía el sombrero del suelo y encendía la pipa, momento en el que se le calmaban los malos humores. Cuando parecía que reinaba de nuevo la tranquilidad, volvía a empezar aquel trasiego, unos detrás de los otros por el astillero adelante.

Sin embargo, era el tejemaneje de conversaciones entre el maestro y Gaztañeta lo que me tenía por entonces ocupado. Al anochecer se solían reunir en secretas deliberaciones al bienestar de la frescura que ofrecía la balconada. Allí debatían privadamente con voces quedas, y aunque hacía en muchas ocasiones por acercar la oreja y enterarme de sus charlas, sólo llegaba a deducir que sus preocupaciones giraban en torno a graves cuestiones de carácter político, que entonces no lograba encajar en la estrechez de mis conocimientos. Sin embargo el instinto me avisaba de que estos dos personajes eran más relevantes de lo que parecía, y que debían formar parte de una intriga de gran calado. El halo de misterio que rodeaba sus personas iba en aumento de noche en noche, y yo me sentía privilegiado por el hecho mismo de poder estar tan cerca de ellos.

Los fuertes aguaceros fueron la nota de aquel verano. La noche en que empezaron escuché a Gaztañeta y a Nogueira hablar en alta voz acerca de las últimas noticias que un correo había traído al arsenal: la flota que habría de partir de Barcelona era una de las mayores del siglo, de no menos de ochenta velas, convoyadas por seis navíos de línea y otros muchos de guerra. Entre ellos las fragatas, brulotes y otros vasos que conducían a nueve mil infantes del marqués de Lede, armados con toda la impedimenta para una gran campaña. Su destino tenía que ser, según su juicio, alguno de los antiguos dominios de Italia, algo de lo que ambos parecían felicitarse satisfechos. Al mando de las escuadras se hallaban personajes que parecían bien conocer los dos marinos, pues se referían al marqués de Marí y a don Baltasar de Guevara con un deje de cierta familiaridad.

Pero en cuanto sospecharon mi presencia en el corredor dejaron de hablar. Me retiré al dormitorio que compartía con Enrique y me sinceré al instante, poniéndole al corriente de las conversación en la balconada. Enrique escucho atento, pero no estaba sorprendido en absoluto; más bien parecía largamente avisado de estas cuestiones:

—Se ha corrido la especie de que se va contra el Gran Turco, pero no es cierto en absoluto —aseveró.

—Pero, entonces... ¿qué va a pasar? —balbucí yo.

Me miró en silencio, y luego dijo:

—Te explicaré, pero tienes que guardar el secreto. —dijo muy serio, levantándose a cerrar cautamente las ventanas.

—Claro, lo juro —respondí con toda la solemnidad que pude.

—Bien: has de saber que mi tío, con maese Nogueira y otros muchos caballeros son partidarios desde hace tiempo de la facción italiana que impera en la corte, y que anhela que Su Majestad vuelva los ojos otra vez hacia aquella tierra. Con suerte nos esperan grandes acontecimientos en ese teatro, y allí es donde tengo pensado ir a ganar honores en lucha contra el Emperador y sus aliados.

—Pero no entiendo. ¿A qué tantas prevenciones entonces, no está todo claro? —demandé yo.

Mendía se sonrió un poco:

—Sin duda hay quienes creen que aún no ha llegado el momento. Pero estimo que ya no hay nada que hacer, el ataque es inminente. —finalizó.

¡Así que habría de nuevo guerras! Por un lado me incomodaba a aquella posibilidad, pues, como a todos los montañeses escamones, me repugnaba la idea de un conflicto tan lejos de nuestro suelo. Pero también empezaba como Enrique a fantasear con ciertas ideas de gloria en los bajeles de Su Majestad. Tal vez fuese esta la ocasión ideal para poner a prueba mis inclinaciones...

Y entonces llegó la víspera de la fiesta de Santiago. De buena mañana el general entró montado en su particular huracán por la puerta de la estancia donde trabajábamos. Estaba excitado y jubiloso, y no hacía más que llamar al maestro a voces:

—¡Nogueira, venga vuesa merced, que tenemos que despachar raudo!

Después de su reunión nos enteramos que la escuadra del vicealmirante Marí había zarpado por fin hacia rumbo desconocido, y estaban prestas el ala de Guevara y las galeras de Grimau. Nuevos y excitantes acontecimientos se esperaban en los próximos meses en el Mediterráneo, y prueba de ello era que se anunciaba la llegada desde Londres de una fragata que traía a Santander a la familia del príncipe de Cellamare, amigo personal de Patiño y Gaztañeta. Desconocía el motivo, pero era deseo del noble napolitano que sus sobrinas pasaran el verano en el palacio de Isla, para más tarde reunirse con él en París, donde era embajador. El anuncio de estas últimas novedades me excitó mucho, y exacerbó en mí la intuición de intensos días de vuelta en Trasmiera. El maestro nos citó a Mendía y a mí, y nos comunicó misterioso:

—Ha llegado a la villa un séquito de nobles damas y caballeros de nuestra estima, al que os encomiendo conducir hasta el palacio de Isla. Allí se acomodarán por unas semanas. Seguiremos, pues, nuestros trabajos en la casona.

Y de este modo tan inesperado abandonamos Enrique Mendía y yo el astillero, embarcando en una ligera pinaza que nos dejó en Santander, una tarde de Santiago que amenazaba la mayor tormenta que vieron los tiempos.

Desembarcamos sin ruidos en el muelle de los galeones, bajo un cielo rojo amenazante. Seguimos con escrúpulo las órdenes recibidas de Gaztañeta de coger habitación en algún lugar discreto. Ni que decir tiene que yo era muy partícipe de tales precauciones, caliente como aún estaba el sucedido del invierno pasado con el cofre de los pescadores. Atravesamos paisajes que me eran familiares, —yo siempre vigilante—, en esta ocasión a pleno día y con mucha calor, hasta que dimos en meternos a almorzar en una taberna de la calle Santa Clara. Sin perder mucho tiempo salimos otra vez a las rúas, en las que se festejaba en medio del bochorno vespertino. En el muelle ajustamos el flete de una recia embarcación que sirviera de transporte hasta Quejo del séquito italiano, que descansaba a la sazón en el convento de franciscanas de la Santa Cruz. Hicimos ligeros el trato con un tal Ambojo, que se dedicaba a estas industrias. Después cenamos frugalmente en un tenderete del arrabal de la Mar.

Hablamos mucho, excitados entre el tumulto de las fiestas de la villa. Corrimos algunas tabernas, y a última hora nos acercamos como llevados de la casualidad hasta «El Gallo Ronco». En la embocadura de la calle me quedé de piedra cuando vi en la puerta la figura pedigüeña de un chiquillo flaco y pálido, al que le faltaba el pelo por mechones y la mitad del pie derecho. Estaba comido por los síntomas del maligno humor gálico: era Gandarilla.

Pasé ante él sobrecogido, mirándole fijo, por ver si aquel deshecho me reconocía. No creo que lo hiciera, y no tuve redaños de llamar su atención. Tan sólo esbozó una sonrisa en la que faltaban ya la alegría y algunos dientes.

Esa noche me senté a mirar el cielo negro, y volví a cavilar mucho mientras caía el diluvio sobre Santander.

*****

Dejamos transcurrir la mañana siguiente viendo desde la ventana como los aguaceros cernían barriles y cachivaches por el arrabal. A mediodía se hizo como de noche, aunque el calor ahogaba. Entrada la tarde, recibimos aviso de un mensajero: la comitiva nos esperaba en la puerta del convento.

Atendíamos ante el portón de Santa Cruz, cuando bajaron tres coches de caballos por la cuesta. Entonces emergió del edificio aquel cortejo de damas con sus doncellas, caballeros, criados, y algunos hombres armados, todos de extravagante aspecto extranjero. Se acercó a nosotros un afectado joven que se daba aires de gobernar la expedición:

—*Signori, buonasera.* Soy el conde Annoni.

Este pájaro no me gustó desde el primer instante, páter: me suscitó recelos que más tarde tuve la desgracia de confirmar. Era alto y bien parecido. Olía a perfume de sándalo, y vestía con una elegancia que rozaba el exceso. A pesar de que no sería mucho mayor que nosotros, se manejaba como si fuese un capitán de los tercios, dando órdenes aquí y allá, llamando la atención a todos con el acento pastoso de su voz lombarda. Enrique y yo nos miramos de reojo, con un punto de resignación. A una orden suya, los criados cargaron los baúles, y todo el mundo se fue acomodando en los coches. entonces se abrió de nuevo la puerta del cenobio, y salió una pareja rezagada. Una doncella acompañaba a una dama que vestía de blanco, cubierta por una elegante capa negra. Miré distraído hacia ella, mientras Enrique me hablaba.

Al punto quedé mudo.

Muchas veces me obligo a recordar aquel instante, porque en él se encierra un misterio, el más grande misterio de la vida. ¿Por qué un gesto, una traza, unos ojos, hechizan así, súbitamente? Un temporal de emociones me sacudió, como que casi no podía ni respirar. De pronto todo el universo giraba en torno a la estrecha callejuela de una pequeña villa perdida en el norte. Había visto un ángel, que a su vez me devolvía la mirada y me sonreía. Era todo vertiginoso ¿Qué si era bella? ¡Voto a tal, bien lo crea Su Paternidad! Pero esto no hace al caso. A decir verdad, tardé mucho tiempo en saberlo, pues aquellos ojos me embrujaron, no dieron margen ni concedieron tregua al entendimiento. Yo me enamoré de aquella mujer por sobrenatural decreto, sin tener ninguna otra seguridad.

Creo que hasta dio en salir un sol esquivo mientras corríamos las calles buscando el puerto. Yo iba subido al pescante del primer coche, convulsionado y loco. Buscaba con la mirada el blanco y negro de sus ropas, que se adivinaban a través del ventanuco del coche. Una delicada mano dibujó un gesto que imaginé como un gentil saludo, y ya me solivianté del todo.

Embarcamos todos en el barcarrón de Ambojo. La bahía era una concha de reflejos dorados bajo el incierto sol de la tarde. Las damas se acomodaron juntas, parloteando en su lengua muy divertidas, mientras los caballeros hacían corro en la proa. Enrique departía con el tal Annoni, mientras yo no sabía parar quieto. En esto que se zafó una driza y fui a cazarla, aprovechando para acercarme a su vera. Ella se volvió disimulada en el banco, y me sonrió con complicidad. Pude ahora fijarme en su tez suavemente morena, en su pelo negro y brillante adivinado bajo la capa. Sentí esa mirada que arrebataba, esos lindos ojos que la primera juventud hacen arder. Mas debo decir que era prendedora por encima de todo la sonrisa de su boca, que conseguía hacer temblar el mundo con cada uno de sus gestos. Reuní osadía y conseguí decir:

—Buenas tardes, señorita.

—*Buonasera, capitano* —contestó ella con fingida gravedad. Y sonrió de nuevo.

Vi el cielo.

VII

ISLA

Recuerdo haber subido el callejo de casa cantando como un jilguero. Ahora, -sin querer pararme mucho en reflexiones-, iba teniendo la certeza de que se acercaban los días largamente esperados. Todos los acontecimientos parecían responder a un providencial designio, todo marchaba viento en popa. Vinieron a buscarme los viejos amigos, Martín, Cané y los demás, deseosos de encontrarme y compartir las novedades. Cenamos en la corralada, mirando la ría y las estrellas colgadas del horizonte de Ajo. Hablamos de todas nuestras cosas, antiguas y nuevas. Me contaron que había un cierto alboroto en Isla con la llegada de «as italianas». El Palacio del arzobispo había preparado sus estancias y se había pertrechado para el recibimiento. Estos eran extremos que no pasaban inadvertidos al pueblo, pues se habían contratado muchos servicios, incluido el de un batel para pequeños esparcimientos, de entre aquellos que rendían diezmos a la casa en Quejo. Se rumoreaba incluso la celebración de algunos actos galantes en honor de las nobles napolitanas, a los que se preveía acudiese la flor de la hidalguía del país. Los amigos me interrogaban en la cálida noche, ávidos y un punto envidiosos acerca de mis últimas experiencias. Les referí todas ellas, excepto mis sentimiento exaltado: me guardé aquellos instantes a la partida de Santander, celoso de mi secreto.

Enrique Mendía ocupó la casona del maestro, quien llegó a los pocos días con Cachito en una jaula. Íbamos a terminar la redacción de la obra del general, tarea para la cual había mandado traer de Guarnizo un baúl de legajos y papeles. Sin embargo, su primera ocupación fue rendir visita al palacio, donde despachó misterioso con el caballero Annoni. Después de esto, volvimos al trabajo.

A partir de entonces el verano se aceleró, intenso de acontecimientos. Yo pasaba con Enrique y el maestro largas horas trabajando en la casona, mientras los demás salían al cerco del día con los pescadores de Isla. Pero por las tardes nos escapábamos a las playas, y vagábamos por la costa al garete de nuestras inquietudes. Robábamos fruta en los huertos de Soano, marisqueábamos por el malecón, y alguna noche terminábamos las zanganadas corriendo el gallo. Pero yo tendía a forzar los acontecimientos para que las andanzas nos llevaran a rondar el palacio, a fin de ver a las muchachas cuando se solazaban en el patio alto de poniente. De lejos, atravesando el soto, íbamos escuchando sus risas cantarinas, y yo trataba vanamente de mutilar las emociones. Ellas, al punto de vernos, nos llamaban levantando el brazo y se acercaban para hablarnos, mientras sus amas relajaban la vigilia dando cabezadas en las sillas de mimbre. En estos cortos encuentros he de decir que me mostraba asaz turbado, mientras ellas cuchicheaban en su lengua algún comentario jocoso sobre nosotros. Tan solo Enrique parecía estar a la altura de aquellos primeros galleos, pues no se azaraba por nada. Seguía las bromas con natural encanto, y al cabo nos permitía a los demás un punto de confianza que aprovechábamos para ir entrando en intimidad y conocimiento de los detalles de su vida.

El caso es que eran cinco jóvenes napolitanas pertenecientes a un linaje de firme raigambre española, tres hermanas, y las otras dos, sus primas. Sorprendía el parecido físico entre todas ellas, dándose un aire de familia inequívoco, de regulares formas y de mucha distinción. Eran sobrinas lejanas del noble don Antonio del Giudice, duque de Giovennazo y príncipe de Cellamare, quien era por entonces nuestro embajador en París, como ya le dije. Viajaban acompañadas de dos tías solteras, dos cotorronas que frisaban en los cuarenta. Habían pasado el invierno recorriendo las capitales de Europa, residiendo mayormente en Londres. No sabía por qué habían arribado a Isla ese verano, pero parece que se sospechaban convulsiones y peligros en el futuro más próximo del reino de Nápoles. Estaban llenas del encanto y la gracia mediterráneas, algo inusual de ver por nuestras altas tierras, pero al tiempo subyacía en su porte una educación estricta y completa, acorde con su rango. Hablaban con naturalidad diversas lenguas, y se adivinaban también en su formación otros conocimientos no menos mundanos.

Por desgracia, viajaba con ellas un desagradable grupo de caballeros para su custodia, unos mequetrefes con ínfulas de entre los cuales destacaban, por los aires que se daban, dos de ellos: el dicho conde Annoni, un milanés con familia en La Montaña, a quien el príncipe de Cellamare había confiado el mando de la embajada. Y el otro, en mala hora conocido, un moreno petulante que era su sombra. Se llamaba Corsini, y era familia de un cardenal. Éstos malbarataban siempre que podían nuestras charlas en el patio, e incomodaban todo lo que en su mano estaba para que las muchachas permanecieran aisladas dentro del palacio. Para ello influían en las tías y daban severas instrucciones a todo el servicio. Tan sólo

125

podíamos confiar en la pericia de Enrique para organizar nuestras citas, pues él tenía acceso diario al palacio con el maestro.

Entablamos así una costumbre de encuentros un tanto furtivos, que poco a poco eran cada vez más largos y particulares, y en los que cada uno se detenía en conversaciones con la dama de sus preferencias: Enrique cortejaba con regular éxito a la hermana mayor de las tres -Isabella-, mientras que Cané suspiraba alelado por la prima María, una beldad de bucles rubios que hablaba un español cautivador aprendido entre preceptores sevillanos.

Yo, por mi parte, me atrevía a entrar en ligeras conversaciones con mi adorada, un tanto envarado. Ella me admitía la plática e incluso el aparte, pero tratábame con tanto respeto que marcaba a mi parecer una cierta distancia. En esos primeros días me devanaba los sesos intentando penetrar en su mente y en su corazón, buscando adivinar la índole de sus sentimientos: cada gesto era un código a descifrar, de cada palabra hacía yo un tratado de intenciones. Por las noches me ardía la testa procurando aclarar ideas, dando vueltas en el catre sin poder dormir, pensando sólo en ella. Envidiaba el aplomo de Mendía en aquellas lides, pues circulaba por los senderos del requiebro con asombrosa resolución. Incluso nos contaba que, cuando se hallaba a solas con su amada, intercalaba en sus parlamentos ciertos recitados de poesía francesa, lengua en la que yo me andaba instruyendo, pero en la que él se manejaba con fluidez. Estos intermedios líricos, según su experiencia, le daban mucho tono ante Isabella. Cané le admiraba mucho estas habilidades, y se afanaba en tratar de imitarlas y ponerlas en práctica para su provecho: ensayaba exageradas declamaciones de terribles rimas que no sabíamos de qué misal había podido sacar, y que nos obligaba a juzgarle tumbados en los prados del acantilado para obtener nuestra aprobación. Con estas sesiones sólo conseguía provocar nuestras carcajadas más sonoras, pues no estaba nuestro amigo llamado a hacer grandes progresos en el cortejo por este intermedio. Sin embargo, él insistía en sus descalabrados versos, convencido de que habían de funcionar como un ariete ante las puertas de una ciudad en sitio.

¿Y cómo era ella?

Ella se llamaba María Maddalena, y era la segunda de las tres hermanas. De entre todas, sin duda el rostro más sereno, la boca más firme, los ojos más dulces. Ahora sé que, aunque discreta y callada, prometían sus formas una rotunda belleza, una espléndida madurez aún por venir. A pesar de que me esforzaba en gestos de gravedad en su presencia, sabía que me delataba con cada mirada. Mi devoción era rendida, y cada día encontraba un motivo nuevo para adorarla. Al principio no hacíamos otra cosa que conversar, sentados las más de las veces en los bancos del rincón de los limoneros. Bajo la vigilancia lejana de las tías sentadas en la solana, me hablaba pausadamente, con su acento de trazas meridionales, y escuchaba mis atropelladas prédicas con atención cortés. Pero yo me atormentaba solo, pues al fondo de aquellas maneras que tanto me cautivaban temía encontrar una expresión de sutil desinterés. Volvía a casa todas las tardes encalabrinado, ora exaltado por el recuerdo de una sonrisa, ora muerto por desdenes imaginados. Y así iban pasando los días.

Durante aquellas semanas llegaban correos de forma continua, unas veces para Annoni y los caballeros italianos, otras muchas para el maestro, que trataba con ellos largamente. Con una de aquellas misivas llegó la noticia que al parecer tanto estaban esperando unos y otros: se confirmaba el destino de la flota española en la que viajaba el poderoso ejército del marqués de Lede, y que no era otro que la isla de Cerdeña. Se dijo que hubo gritos de júbilo entre los extranjeros cuando el maestro confirmó la novedad, y que ésta se vino a celebrar cumplidamente en las bodegas del arzobispo. Dentro de este ambiente festivo, no fue de extrañar que Annoni aceptara la invitación del noble don Pedro de Velasco a su casa de Noja. Allí habían de reunirse los más ilustres solares trasmeranos, aprovechando el festín que todos los años se daba para el día de San Pedro Encadenado, que nosotros decimos de San Pedruco. De esta fiesta y de lo que allí aconteció debo hablarle con cierta expansión, pues creo que merece bien la pena.

*****

El día de San Pedruco es en Noja día santo. La procesión por mar desde la ermita de Ris hasta la iglesia parroquial goza de muchos devotos, y este año había de celebrarse con mayor dedicación, pues había encomienda de rogativas para que cesaran las lluvias. El capellán del palacio de Isla, que tenía buena relación con el beneficiado de Noja, don Juan de Pineda, nos pidió a los discípulos de don Tomé que lleváramos ese año la chalupa de San Pedro. Aceptamos encantados el trabajo, sabedores de que al final de la jornada seríamos recompensados por el señor de Velasco, según era tradición. Y esto, además, nos haría estar cerca de nuestras adoradas en la fiesta. Yo por mi parte, pensaba más allá. Reflexionaba sobre los ocultos designios del Señor, querido páter, y en sus misteriosos caminos: en aquel rincón de la playa donde está la ermita casi habíamos muerto unos meses atrás. Ahora volvíamos al mismo lugar para encabezar la romería, gozando del mejor momento de nuestras vidas, plenas como estaban de ilusiones. Un momento que bien podía no haber llegado nunca...

Se formó la procesión por mar de buena mañana. Estaban la isla y su ermita concurridas como no se recordaba en años, pues se citaron gentes de todos los pueblos con sus principales a la cabeza. Allí aparecieron don Juan de Pumarejo, don Tomás de Gargollo, los viejos Fontagud, el mismísimo «Culón de Fonperosa», -que aún penaba en vano por su barco perdido-, y en general todo el que tocaba algún pito dentro del pequeño mundo de la Junta. Había seguro más de una treintena de barcos amarrados a buen socaire, rozándose las puntas en el baile armonioso de la marejada. Después de las primeras oraciones en la ermita quedó claro que San Pedro no estaba mucho por atender los ruegos de ese año, pues se levantó aire y se cerró el día en nubes azules de perfil amenazante. Zafamos pronto y metimos rumbo a Tregandín, seguidos de todo el cortejo. No se tarda en llegar a la pedregosa playa: arranchamos e hicimos fondo en el tenedero del extremo norte, para seguir la procesión por tierra. Desembarcamos en los antiguos pantalanes de madera cuando ya caían los primeros goterones. Allí se nos unió mucha gente pía del lugar, y se dispuso la subida de la cuesta hasta el hospital de La Consolación y la parroquial.

La iglesia estaba abarrotada a la hora de la misa, adornado el altar mayor con mil velas y flores de todas clases. Hubieron de dejarse las puertas abiertas por la sofoquina, a pesar de que afuera llovía con ganas. Pasaron los Velasco en lugar preeminente del cortejo, ejerciendo de anfitriones entre sus iguales. Don Pedro abría muy serio por el cuerpo central de la nave, ceñido con su hábito blanco de Santiago, y detrás venía el resto de la familia, entre los que enredaba el pequeño Luis Vicente. Cerca de ellos se sentó con sus hijos la viuda de Isla, doña Francisca Rosa de Alvear, y el llamativo grupo de los italianos, a los que casi no podía verse desde el fondo del pasillo. Se hallaban también entre los principales los huraños Venero, y otros de las casas nobles de Noja, Assas, Zillas y demás hierbas.

Debo decir que no estaba yo muy devoto, pues pasé todo el oficio mirando la espalda de Maddalena, que lucía elegante y sobria, muy a propósito para tal solemnidad. Mi desventura hacía que ella no volviese la mirada hacia el fondo del coro donde nos hallábamos. Por dentro me reconcomía, menesteroso de algún gesto de su parte, pero éste no se me daba. El caso es que ninguna de las damas parecía echarnos en falta, pues se hallaban con la atención ocupada en cumplir con las lisonjas y efusiones que en esta tarde les brindaban solícitos todos los presentes, especialmente los propios caballeros italianos. Corsini rondaba ahora cerca de Maddalena haciendo mil galanterías, mientras que el mismísimo Annoni mantenía una atención y un agasajo con Isabella fuera de lo común. Mendía y yo cruzamos las miradas, enviándonos sendos mensajes de preocupación.

Pasado el ceremonial empezó el relajo en la calle, lo que sirvió para que me olvidara un tanto de mis agravios de enamorado. Mientras los invitados de alcurnia acudían al banquete en la casa Velasco, festejábamos nosotros en la aliseda frente a la iglesia, a cubierto de las inclemencias bajo unos grandes lienzos. Cesó de llover entonces, gesto que agradecimos por fin al santo. Había bailes, canciones y un aire de feliz acontecimiento en el ambiente. Instaláronse algunos puestos que despachaban comida y azumbres de vino, e incluso una familia de titiriteros de Bareyo hacía malabares y equilibrios con unas sillas. En medio de todo este trajín, nosotros nos dejábamos ir desgranando la tarde. Llegamos a juntarnos un buen puñado, entre los que aparecieron también Hugo y Francisco de Cobo, el aprendiz de cirujano. Comimos algo sentados bajo las higueras que había junto a la plaza.

Después de haber deambulado por la fiesta paramos a descansar, conversando frente a la tapia de la casona Velasco. Desde allí podía distinguirse la recepción de notables en el piso alto, y se escuchaba algarabía de música y voces. Entonces Enrique explotó:

—Este par de hurones andan hoy atentos por demás . ¡Me cago en...! —bisbiseaba lleno de rabia—. Algo tenemos que hacer y pronto, Arce.

—¡Es cierto, por Júpiter! —exclamó Cané, haciendo grandilocuencias frente a nosotros—. Los italianos hacen progresos inesperados, ¿eh, Arce?

Todos rieron con ganas.

—¿Qué te metes tú, y por qué hablas ahora como un almirante inglés? —le espeté, algo amoscado.

Y me volví a Mendía:

—Además, ¿qué podríamos hacer? Ellas son muy libres de hablar con quién les plazca. ¿Quiénes somos al fin?

—¡Voto a tal, que con este ánimo no se arriba a buen puerto! —Enrique clamó con sonrisa desafiante—. Verás ahora cuando entremos, mucho han de cambiar las tornas. Te lo aseguro.

—¡Eso, eso! —coreó el resto— ¡Bien habla el vasco!

Yo me sumergí en mis barruntos, mientras los otros pactaban bravuconadas. Estaba enfadado, pues me dolía el olvido en que parecía echarme Maddalena, aquella nueva e intolerable cordialidad con el caballero Corsini. Pero, aun por encima, me molestaba ese ánimo exaltado de mis amigos, siempre envalentonados, llenos de seguridad. Yo no tenía por entonces idea de la futilidad de los tratos galantes, y estimaba que de nada valen las atenciones de una dama si al cabo han de lograrse por la fuerza. Además, aun suponiendo que me decidiera yo a adoptar una pose gallarda, -que en nada casaba con mi natural inclinación-, no veía forma de atacar la atalaya de los italianos, que al fin y al cabo estaban cerca de ellas, se conocían de antiguo, y hablaban la misma lengua. Y lo que era peor, pertenecíamos a dos mundos separados, dos mundos que se tocaban por breve plazo en ese verano de caprichosos azares. Empecé a atormentarme con la certeza de que la atención que hasta entonces nos habían dispensado se debía a sus modales y su buena cuna, sólo para congeniar con los habitantes del país y no resultar descorteses. Pero bien se veía cuál era su rango, y nosotros no alcanzábamos a estar dentro del círculo de sus más inferiores pretensiones. Los demás seguían jactándose y yo me sonrojaba de furor, pues creía que por ese camino acabaríamos poniéndonos en evidencia como vulgares mentecatos.

Al fin entramos en la casa, reclamados por la tradición que don Pedro seguía todos los años de agasajar a los remeros que portaban al santo. Un hormigueo intenso me roía las entrañas, presagio casi siempre de vergüenzas e incomodidades. Don Pedro de Velasco tenía fama de hombrón áspero de carácter, muy de la tierra; pero también era cosa sabida que le gustaba la pompa, afanoso de dar realce a los acontecimientos de su casa. Seguramente no se conformaría con entregarnos el óbolo que tenía preparado, sino que acabaría convirtiendo la ocasión en un enojoso ritual delante de todos sus invitados.

Sin embargo, cuando entramos al salón comprobé que mis presentimientos andaban errados: la concurrencia había perdido completamente las formas, pues había estallado un gran vocerío. Todos los invitados estaban de pie, copas en mano, y los discursos eran todos al unísono y desabridos, sin que hubiera modo de entenderse. Las mujeres permanecían en silencio en un extremo de la estancia, serias, pero sin perder ripio de lo que allí se decía.

De pronto, destacó el vozarrón de don Pedro:

—¡Por todos los ancestros de esta casa, digo y repito que no hay brazos para el remo como en este país en cualquier otra parte del mundo! Dígaselo, Ercilla, vuesa merced está viajado y bien lo puede atestiguar.

Pero el medroso Ercilla, -un advenedizo de la casa-, solo tuvo arrestos para balbucir:

—Bueno, el caso es desde las carreras del día del Bucentauro, en Venecia hasta....

—¡Nada, nada no hay cuestión! —el joven Annoni emergió sonriente, saliendo al centro de la sala para que todos le escucharan—. No quiero desairar a vuesas mercedes, pero en defensa de la verdad debo de nuevo objetar. En todos los sitios hay buenos brazos, y está por ver que esta tierra deba ser de más valer. Escuchen, por favor la historia que tengo que referirles.

Y cuando se hizo el silencio, siguió su parlamento con mucha gola:

»Estos últimos veranos pasados en Londres me dieron la ocasión de conocer un singular reto que se da entre los boteros del Támesis. Un afamado actor irlandés, agradecido por haber sido rescatado en una noche lóbrega de vientos y borrachera, tuvo la ocurrencia de otorgar un singular premio al botero ganador de una carrera de esquifes a celebrar todos los veranos entre el puente de Londres y Chelsea. Con motivo de aquella competencia tuve ocasión de admirar el brío y el arte de los ingleses en estas lides. Son hombres hechos a la pala, fuertes y expertos en las corrientes del río. Hace muchos años que están asociados en su gremio, y son frecuentes las apuestas cruzadas entre los habitantes del reino en torno a la boga.

»Una noche de fiesta se me antojó acudir al Drury´Lane junto a unos amigos. Pasamos a dar la enhorabuena por su interpretación al viejo Thomas Doggett, el actor. Acabamos celebrando con todo el elenco una buena juerga en las tabernas del río. No sé ni cómo la conversación derivó en la historia de la regata, y yo manifesté mi admiración de las calidades de los remeros londinenses. Doggett pasó entonces a ufanarse mucho, y se empeñó en recalcar una y otra vez la superioridad de los británicos en diferentes suertes, cosa que me extrañó siendo él irlandés. Tanto y tanto se pavoneó junto a sus amigos que, a pesar de mi buena disposición aquella noche, consiguió alterar mi humor. Así que no se me ocurrió mejor cosa que salir a defender nuestro orgullo, retando a sus *watermen* a una carrera contra un equipo de italianos. Debo decir que les sorprendió mucho esta osadía. Después de un momento de silencio, estallaron todos en grandes carcajadas. Doggett me extendió su mano en señal de aceptación: ya saben vuesas mercedes lo que los isleños adoran estas rivalidades.

»Nos pusimos pronto de acuerdo en el barco, la fecha y el recorrido: cuatro mozos contra cuatro, remando en dos esquifes de madera de cedro de los habituales del país. Las palas, largas; los toletes, finos de madera, y los estrobos de cabo. Si se rompía alguno, no habría respeto. Subiríamos contra la corriente, como en el concurso anual: cuatro millas y media desde el puente de Londres hasta la taberna Old Swan, vecina a su casa. Sería el primer sábado de mayo, si el tiempo no lo impedía. Quedamos también conformes en no apostarnos vil metal, sino elegir alguna prenda o gentileza para que el rival cumpliese en caso de ser derrotado, de modo que el lance fuera una competición digna de caballeros. Doggett, haciendo gala de su fino humor, resultó francamente original en este particular: si ganaban sus remeros, yo quedaba obligado a aparecer en la próxima recepción que diera el anciano duque de Buckingham vistiendo un horroroso sobretodo escarlata, que era para los remeros como un símbolo, y allí, ante todos los concurrentes, debía dar cuenta del motivo. Yo, por mi lado, y sabiendo de las condiciones artísticas del viejo actor, decidí ser un punto más meridional: le impuse como única prenda la composición de un poema para una delicada flor a la que tengo rendido mi corazón desde hace tiempo, poema que debería recitar el día de la fiesta próxima en los jardines de la mansión de Buckingham. En esto quedamos conformes.

Páter, mis peores complejos parecían justificarse: Annoni irradiaba encanto mundano, dejando en evidencia las cortedades de nuestra vida social. Mantenía a toda la sala extasiada en un silencio reverencial, pendientes todos de sus pasos largos por el centro del salón. Yo estaba cada vez más enojado, al tiempo que unos fríos sudores y un malestar me iban atacando de improviso. Miré de reojo el rostro de Isabella, en el que había aflorado el arrebol con la fuerza de un marea viva. Sin duda Annoni se refería a ella cuando hablaba de amores. Mendía rabiaba en una esquina.

El italiano continuó:

»Se darán cuenta vuesas mercedes del problema en el que me había metido: las posibilidades de salir con éxito del reto eran casi nulas. Cualquiera de aquellos boteros, aun los más noveles, llevaban años montando el río y barajando las fuertes corrientes. Se conocían los remansos, los remolinos y las sondas de cada yarda de agua. Disponía sin embargo de unas tres semanas hasta la cita, así que decidí no cejar, y emplear todas mis habilidades en armar una aceptable tripulación que al menos diera réplica honrosa a los temibles *watermen*. Para conseguirlo vagué por toda la ciudad, por la que se había corrido ya la noticia de la apuesta como un reguero de pólvora. Recorrí los peores suburbios de la margen sur, buscando en los muelles de la madera, en los diques, en las tabernas y hasta por las cárceles un puñado aceptable de italianos que defendiera mi envite, pero todo ello sin el menor éxito. Un buen día amanecí ocioso por Chelsea, y se me antojó visitar la vieja iglesia de Todos los Santos. Allí trabé conversación con un amable anciano, farmacéutico del Hospital Real, que por completa casualidad me dio razón de una gran noticia: habían recibido días atrás unos soldados enfermos de Gibraltar, llegados a bordo de un navío de la compañía Balbi que daba fondo en Limehouse. Partí raudo en dirección a los muelles río abajo, y me presenté al capitán. Éste era un escandaloso genovés al que llamaban «El Tigre», y al que me costó poco llevar al convencimiento de que era alto menester la defensa de nuestra honra. Estos argumentos, -y unas buenas monedas-, consiguieron ponerme pronto a elegir cuatro marineros de entre los más diestros y fuertes de a bordo.

»La verdad es que, aun con todo, yo tenía poca fe en sacar adelante mi baladronada. Los hombres se esforzaban en prepararse, y remaban todas las tardes practicando por la canal del río, pero sus posibilidades eran mínimas. Eran fuertes, pero no estaban acostumbrados: les costaba aparejarse y coger una boga armoniosa. A los pocos días el sarcástico Doggett los había bautizado como Tessino, Trebbia, Trassimeno y Cannas, las cuatro derrotas romanas ante Aníbal. Con todo, seguimos adelante.

»Llegó por fin el día de la carrera, y nos reunimos en las escaleras del Custom´s House. Había una multitud expectante por la ribera. La tripulación inglesa estaba compuesta por cuatro fornidos mozos de pálida color, que tan pronto llegaron se hicieron al remo en silencio y con diligencia. Las cosas para nuestro bandera ya empezaron torcidas, pues hubo la desgracia de que, al ir a embarcar, zozobró nuestro esquife y dimos con toda la dotación en el río: un ridículo sainete en dos cuartas de agua, que hizo estallar la risotadas de los presentes. Después de este primer contratiempo, que sin duda dejó tocado nuestro orgullo, yo no sabía por dónde esconderme de la vista de Doggett. Éste alzaba sus cejas, buscándome y haciendo escarnio de nuestra situación.

—¡Penosa salida, pardiez! Se quedaron vuesas mercedes morra....—saltó Velasco.

Toda la sala acompañó con risas la ocurrencia. Annoni se permitió un respiro. Tras un estudiado silencio, en el que simuló andar a la deriva por el salón, se paró, alzando sonriente la cabeza. Tenía de nuevo ganada la atención de todos.

»Bien, el caso es que un juez de sombrero copudo fue el encargado de dar la salida desde la balandra en la que habíamos embarcado, amarrados al puente bajo la capilla de Santo Tomás Beckett. Tras el pistoletazo ambos barcos rompieron la boga, buscando cada cual la derrota más conveniente. En pocos paladas ya estaba visto que los ingleses nos enseñaban jactanciosos la popa, dejándose caer expertamente hacia el sur en busca de la primera curva. Los nuestros seguían al principio con furia las aguas del esquife rival, pero las diferencias se agigantaban a cada paso. En la orilla todos jaleaban lo que parecía un incontestable éxito del bote inglés. Incluso me pareció que parte del público perdía atención y se marchaba, decepcionados ante superioridad tan manifiesta.

»Pero hete aquí que vino a suceder algo que pudiera describirse como un pequeño milagro en aquella tierra de herejes: nuestro barco derivó al norte buscando la orilla en Westminster, no sé bien si por su voluntad o porque el río mandaba en ellos. El caso es que recuperaron parte del terreno perdido, pues el bote rival parecía quedarse un poco clavado barajando la ribera sur. A la altura de las escaleras del Parlamento la distancia no iba más allá de dos o tres esloras. La emoción subió de nuevo entre la concurrencia, y ya se oían algunos vítores a nuestra bandera. Yo viajaba en la balandra siguiendo la regata junto a Doggett, que palidecía por momentos. Sin embargo, pasando los muelles de la madera, -en llegando a Chelsea-, parecía que no quedaba terreno para acabar la remontada. Y en ese instante fue cuando se operó la segunda parte del milagro: al popel de estribor del bote inglés le faltó el estrobo, perdiendo el remo en el agua. Cayó con violencia la proa a estribor, y durante un instante fatal se atravesaron a la corriente. En seguida saltó al agua el remero para aligerar su peso, mientras que los restantes paleaban con furia intentando compensar la falta. Los nuestros, viniendo desde atrás, habían observado toda la maniobra, y esto les renovó sus escasas fuerzas: bogaron entonces sañudamente, y en las últimas paladas forzaron la ceñida a la margen norte, la cual no habían abandonado desde tres millas atrás, pasando a enseñar la popa a los engreídos londinenses.

»Al llegar a la altura del Old Swan, no saben vuesas mercedes como rugieron de júbilo nuestros partidarios. Los cuatro *bravi ragazzi* alzaron sus palas en señal de victoria, mientras que los ingleses mesábanse los cabellos desolados. Doggett pareció hundirse por un instante, pero al cabo levantó la vista y se cuadró con toda dignidad, rebosando flema y fingimiento: me felicitó, reconociendo la derrota con elegancia, y se retiró a la popa. Yo salté al agua a celebrar la victoria con mi exultante tripulación.

—¡Asombroso, caballero! —manifestó Velasco con espontáneo orgullo, al tiempo que le palmeaba la espalda.

Se escuchaba detrás un murmullo de aprobación entre los presentes. Algunos incluso cabeceaban muy serios, en gestos de asentimiento. Annoni se volvió entonces al rincón de las mujeres, y buscó los ojos de Isabella. Con voz muy dulce y estirando una mano, comenzó a recitar:

En una flaqueza el corazón diera

Dulce venganza, pecho arrebatador...

Pero aquella arrancada por sonetos era ya demasiado para Mendía, que andaba rutando y revolviéndose en la esquina desde el comienzo del relato. Al fin se desató y emergió furibundo como un verraco en celo, empujando a todos:

—¡Por vida mía, que tengo que salir al paso de todo esto! —ladró.

Ganó el centro del salón con poderosas zancadas, mientras se hacía un silencio cargado y embarazoso. Estaba ofuscado como un jato, sudoroso y con un punto de desaliño en sus ropas. En este momento busqué furtivamente a Maddalena, y sentí avecinarse el peor de los bochornos:

—Vasco soy, de Bermeo.— declaró muy teatral.

De un pingorrín se subió a la mesa ante el asombro de todos, y prosiguió a voz en cuello:

—Declaro solemnemente que no hay remos ni brazos como los de esta tierra. Y para que no quepan dudas, reto ahora mismo a cuatro de los más alistados extranjeros, o a quien fuere, a que nos ganen en una regata, si agallas tienen.

Yo no sabía por dónde meterme. Después de la demostración de porte que había exhibido el conde Annoni, elegante, mundano —incluso recitador de versos—, salía uno de los nuestros tirando los cuévanos al aire, haciendo el ridículo ante el refinamiento de formas de los italianos y de sus damas. Toda la magia del momento vínose abajo con tal exabrupto. Casi todos los presentes debían tener las misma pesada sensación que yo, pues tosían sin ganas y miraban para cualquier lado, arriba y abajo, no sabiendo que traza poner. Pero don Pedro de Velasco, con los ojos como centellas, rompió los disimulos por donde menos se esperaba:

—¡Pues también es verdad, basta de palabras!.— se dirigió al milanés—. Acepte el reto, mi buen amigo, y pasemos a probar al fin quien dice verdad. Y que no haya mejor apuesta ni mejor premio que darse esta satisfacción.

El conde mantuvo el porte, y se volvió lentamente a sus paisanos. Éstos dieron todos un decidido paso al frente, con lo que no hubo más que decir. El salón rompió en vítores, y Mendía saltó de la mesa estrechando la mano de Annoni: la rivalidad quedaba entablada para largo, como largas son las borrascas que trae el invierno.

*****

Ya le dije, páter, que entonces yo recelaba mucho de la nervadura de mi carácter. Sin embargo, -y sin que esto quiera ser una disculpa-, debo advertirle que, aparte de

141

avergonzado, me encontraba realmente enfermo. Los sudores y escalofríos iban en aumento, y no sé por qué me dio por recordar la gallardía de nuestros hombres en Lepanto, cuando se batían en medio del fragor convulsionados por tremendas fiebres. Aunque arrastrado de nuevo por los acontecimientos, esta vez hice un voluntario y tenaz esfuerzo por acudir a la llamada del valor, ya que otra cosa hubiera resultado fatal para mi prestigio. Me arrastré, dejándome llevar por la masa mientras bajábamos a la playa. Estaba mareado y blanco como la arena. Sólo me tranquilizaba un tanto la sensación de que nadie pareciera reparar en mí: todos seguían la estela de don Pedro, de Annoni y de Mendía, quienes marchaban resueltos al frente de la expedición.

Llegamos al embarcadero. Para mayor contratiempo, se puso a llover recio. Los retadores sonreían decididos, mirándose gallardos, encantados de la vieja épica que tomaba el envite. Volví la mirada con disimulo y admiré la expectación de los que nos seguían desde el pueblo con las antorchas prendidas. Advertí que en lugar principal seguían todos los notables, y entre ellos las damas italianas. En el rostro de Maddalena quise vislumbrar ahora una expresión de serenidad y acomodo que de veras me desconcertó: parecía que todo aquel cuadro tomaba algo de sentido, que no era el espectáculo desterciado que a mí se me antojaba. ¡Qué extraño! ¿Sería que yo era el único que recelaba de estos alardes? Al fin tomé una decisión irrevocable: no lo pensaría más, y no me vendría abajo así me fuera la vida en ello.

Mientras tanto, los capitanes pactaban las condiciones.

Cogimos dos cascos más o menos iguales, dos pequeños bateles desarmados que descansaban bajo la cubierta del muelle. Se reunieron remos y embarcamos cuatro tripulantes por barco. Los italianos eligieron a dos forzudos soldados de su guardia para la proa, y se unieron en la bancada de popa dos de los caballeros: un tal Volpe -largo y feo como un demonio-, y mi rival Corsini, que andaba haciendo grandes muecas con su melena al viento. Por nuestro lado, Collantes, Cané, Mendía y yo defenderíamos la bandera. Se pactó hacer un largo desde el embarcadero hacia el sudeste, cruzando la ensenada con proa en El Brusco, para dar luego la ciaboga en una piedra con forma de torreón que velaba a media marea a un cuarto de legua. De regreso, el primer casco en tocar el pantalán sería el ganador. No sé de quién fue la idea, pero se acordó también embarcar un timonel que gobernase. Nosotros elegimos a mi viejo Hugo, que pesaba poco y sabía cómo hacer el trabajo.

Cuando se dio la salida, la frente me ardía como la yesca. Sin embargo no quise decir palabra, temiendo que por mis flaquezas llegase la derrota. Sólo me preocupaba cumplir la cita con el deber, y terminar de una vez aquella jornada tan larga para tenderme a sudar las fiebres en la cama.

Seguía lloviendo, por cierto.

Al principio debo decir que nos pusimos en cabeza con facilidad. En estos primeros tientos se hizo valer la mayor práctica, pues marchábamos con mejor compás. Pero poco a poco menguaban nuestras fuerzas, y se nos acercaba el barco italiano. Iba cayendo la noche, y se hacía difícil vislumbrar el punto de reviro. Hugo se agachaba en la popa escrutando, buscando prudente la derrota de fuera, mientras que nuestros rivales cortaban por dentro, arriesgando en aguas más someras. La táctica parecía darles resultado, pues, aunque ciabogamos primero, la distancia entre los cascos era ya mínima. De regreso, de nuevo buscaron los italianos los pocos fondos por dentro. Nosotros perdíamos arrancada entre las crestas de mar del noroeste que recalaba muy violenta. En la playa se veían algunos puntos de luz prendidos por los mozos, que seguían a grupas de caballos la carrera.

Íbamos al final muy parejos. Huguillos marcaba el ritmo con el halar de su brazo, marcando la crujía y sacando un vozarrón del pecho que me sorprendió:

—¡Noja a fil de roda... aaar!

Yo andaba al límite de mis fuerzas, y una idea se me iba y otra se me venía. Las piernas me temblaban, remojadas en el agua helada que corría por el plan entre las cuadernas. El resto del cuerpo no andaba mucho mejor, pues el agua dulce de la lluvia enfriaba mis ropajes. Mi único pensamiento era no acabar enfermando de gravedad por tan estériles esfuerzos, aunque esto ya parecía cosa inevitable. Al fondo, un reflejo rojo bailaba en la mirada decidida del patrón: era la luz del muelle.

Cuando se veía claro que íbamos a perder la regata, dio en suceder lo más curioso: del mismo modo que una inesperada eventualidad había dado la victoria en Londres a aquellos italianos del relato de Annoni, ahora un accidente venía a inclinar la suerte de nuestro lado. Era como si alguna fuerza superior se regocijara enviando de nuevo el mismo confuso mensaje.

De tanto arrimarse a la orilla, el timonel italiano no vio una piedra traicionera y rasgó fondos. Al principio llegaron a detenerse por la violencia del golpe, pero después consiguieron seguir remando y salir del bajo. Sin embargo el caño que hacían era grande, por lo que se inundó el plan y se pusieron en seguida en más de una cuarta de agua. Se empeñaron en la boga, pero el freno que sufrían nos alentó a dejar sobre los remos los últimos restos de nuestras fuerzas: bogamos a ojos cerrados, exhaustos, recuperando en las últimas paladas una gran distancia. Con la violencia que llegamos embestimos el muelle iluminado. Tiramos al agua a más de uno, pero ganamos por una eslora escasa, seguramente con la misma emoción con la que aquellos otros habían ganado en el Támesis.

Debó reconocer que, por un momento, me exalté inundado de orgullo. Imaginé, -que no vi-, a Maddalena. La masa rugía en la orilla, entusiasmada por lo incierto de nuestro triunfo hasta el final. Hugo se fue al agua en el abordaje y le sacaron entre carcajadas. Mendía y Cané se abrazaban saltando al unísono, mientras Martín me palmeaba con tal fuerza la espalda que me doblé sobre la pala. ¡Voto a tal, el trabajo estaba hecho!... Ya me podía ir a casa con la satisfacción de haber encontrado el coraje que tantas veces eché en falta.

¡Bah!... Si éste era el premio de la osadía, yo dudaba que mereciese las fatigas que me había costado.

No pude más, y me desmayé en el plan del barco.

VIII

EL RINCÓN DE LOS LIMONEROS

Tales fueron las fiebres que ni siquiera se arriesgaron a llevarme a casa. Ingresé sin sentido en el caserón del maestro, donde acudió el cirujano D. Juan Antonio de Isla para hacerme los alivios de su conocimiento. Me habilitaron la estancia vecina a la puerta, donde recuerdo haber sufrido unas intensas pesadillas, en un delirante periplo por noches largas y oscuras. Había en mis peores sueños inmensas bolas de piedra que rodaban lentas pero inexorables, aplastándome al pasar, y unos feroces ratones que me subían por los brazos para roerme la cara. Los labios eran badanas viejas, y mi frente quemaba como la parrilla de San Lorenzo.

No sé cuánto tiempo pasé en tan lamentable estado, sólo guardo imágenes de cierto bienestar cuando amanecía. Veía entonces un manto rojo de amapolas sobre el que caminaba Maddalena, al fondo del cual aparecía mi madre sonriendo. Ambas se hacían cómplices, hablando de mí con palabras que no conseguía entender. Después me alcanzaban recuerdos de la infancia remota que parecían perdidos: el viejo Dimas Solano enseñándome a coger de los árboles los dulcísimos frutos del verano. Sin embargo, tras estos paréntesis volvía el infierno de las tardes, con los vómitos y los dolores que horadaban la garganta. Por la noche recalaba la resaca de toda aquella marea.

Desperté por fin una buena mañana. En silencio hice por auparme en la cama, pero no me tenían las piernas, aún me mareaba. El olor era acre, y un espejo me devolvió un rostro casi irreconocible, de larga quijada, y ojos pasmados y redondos como los de una vaca ahorcada. La camisa era un sudario, el capisayo de un quijote delirante. Parecía un *Ecce Homo*.

Me recuperé en aquella alcoba durante los melancólicos días que siguieron. Hablaba todas las tardes con el maestro, quien me amonestaba muy seriamente por haberme dejado arrastrar a lo que definió como «aquella extravagancia de desocupados». Se quejó de mi poca cabeza, de que no parecía hacer caso de nuestra conversación acerca de la importancia del porvenir. Yo quise objetar, pero las fuerzas no me acompañaban. Luego, cuando se le iba el enojo, pasaba a contarme que todos los amigos me habían visitado diariamente, que las gentes de Isla y Noja se habían preocupado por uno de sus héroes; y que mi madre era una santa, que me había velado todas aquellas noches.

Una tarde me atreví a preguntar, haciéndome el distraído, por las gentes del palacio. Don Tomé se expansionó en una sonrisa socarrona que me desenmascaró al instante:

—¡Ay, perillán! —dijo con mucha sorna—. Los caballeros andan un poco quebrantados de ánimo, pero hay alguna dama que parece muy contenta.

Me contó que Maddalena había desafiado la autoridad de Annoni, y había ignorado todos los ruegos y amenazas que se le ocurrieron al despechado Corsini. Me visitó al pie del lecho durante todas las mañanas desde que enfermé. No decía nada, simplemente se sentaba cogiéndome la mano, y allí se iban las horas muertas, pendiente de mi sueño. En los accesos de fiebre me enfriaba la frente con paños húmedos.

Esa misma tarde me llegó un discreto billete por intermedio de una doncella del palacio. En él se decía:

Mio capitano:
Te espero la noche del sábado en los jardines.
Ti Voglio bene,
Maddalena.

*****

Llegué al palacio y salté el muro con el silencio de un gato. Alcancé el patio de arriba, en el rincón de los limoneros. Había una fulgurante media luna roja en el cielo, pugnando por crecer. Era una preciosa noche de verano, cálida y matizada por fragancias que hasta entonces yo nunca me había parado en apreciar. A lo lejos cantaban los romeros del pueblo, y se oían tenues ecos por toda la mies. Era noche de fiesta, víspera de la Asunción de Nuestra Señora. Me encontraba muy bien recuperado de las fiebres. Incluso debo decir que percibía en mí unas fuerzas y una energía de la que nunca antes había gozado. Me sentía llegando al cénit presentido. Una voz interior volvía a susurrarme, «ahora es el tiempo, ya nada lo detendrá...»

Esto no impedía que algo bullera dentro de mí con fuerza, como un batir de alas que me impedía serenarme. ¿Vendría ella? ¿No me habría equivocado con la cita?...

Sentado en el banco, meneaba las piernas en una nerviosa contradanza. Al pasar el tiempo me fui calmando, y apoyado en la celosía de madera me invadió un sopor en el que percibía el aroma de jazmines y damas de noche. Por encima de todo reinaba el frescor del rocío de las madrugadas de agosto.

De pronto los jardines quedaron en silencio. Tras las rejas sólo se escuchaban los grillos del estío. En el patio vi despedirse el reflejo de una luz, y se escuchó un quedo rumor. Al poco, unos pasos. Comencé a temblar, entre nervioso y esperanzado. Levanté la vista y apareció ella, radiante. Sonrió, y mis piernas casi no me quisieron ni tener. Se acercó más, y recibí el delicado aroma de su piel. Vi sus ojos; muy al fondo, volvían a escucharse sones de la fiesta, para entonces convertidos mágicamente en delicados cantos de amor. En aquel mismo momento, páter, supe que estaba enamorado, y que ese amor duraría toda la vida.

Me dijo no sé qué palabras, con aquel dulce acento que añadía una prenda más a sus encantos. Durante un instante me sentí desbordado, no supe que decir. Lo primero que me vino a la cabeza fue su nombre:

—Maddalena...

—He tenido que escapar de todos, pero la doncella ha vuelto a ser mi cómplice.

Y sonriendo, añadió:

—¿Cómo está mi capitán?

Con aquel gesto me entregaba el paraíso. Me sonrojé por su galantería, no sé qué contesté. Al poco trabamos conversación muy juntos, cogiéndonos las manos en la oscuridad. Ella me contó cosas de su vida, y yo desvarié desgranando torpemente mis esperanzas. Me sorprendí hablándole apasionadamente de la mar, cuando lo que realmente quería era dedicarle esa pasión a ella. Nuestra intimidad era tan repentina que tal parecíamos dos veteranos amantes, viejos conocedores de mutuos secretos. Recuerdo que escuchaba con atención las aventuras que yo contaba, se interesaba por mis anhelos, por lo que decía de los amigos, del maestro... En fin, páter, que si no exploté en esos momentos de felicidad fuera por bien poco.

Al rato, ella recogió airosamente el faldón de su vestido y se acomodó en el banco. Recostándose de espaldas contra mi pecho, nos pusimos a mirar en silencio la ballesta de la luna. Después de cambiar cuatro frases perezosamente hizo un gentil ademán, y recogió la preciosa melena hacia un lado descubriendo su cuello.

Entonces, volviéndose, me besó. Fue un largo y dulce beso, envuelto en la dulzura de su piel, el más dulce beso que jamás he recibido. Estuvimos en silencio un instante, y después ya no recuerdo nada. Ella se marchó, y yo emprendí el camino a casa.

Unos romeros todavía cantaban en La Maza:

Amores de largo tiempo, que malos de olvidar son

Que siempre están penetrando y hieren el corazón

No hay amor como el primero, que se lleva lo mejor…

Pasé cerca y quise fijarme en sus caras. Recuerdo que pensé: «¡qué bella canción, qué a propósito!».

Fui el ser más feliz de la tierra aquella noche.

IX

RESACA

Quedaban por delante en ese verano jornadas muy felices, pero también sucesos extraños.

Ya le dije que las lluvias marcaron la estación, y a finales de agosto eran ya un diluvio desatado. Mendía y Annoni se habían convertido en enemigos acérrimos, y no me quiero extender sobre mis inquinas con Corsini, porque será más tarde la ocasión adecuada de traerlas a colación.

Andaba ahora extasiado en mis amores, y esto me hacía sentir tan poderoso y triunfante que las debilidades de mi carácter parecían pajarillos volando lejos. Los últimos cambios no pasaban desapercibidos a Cané y Martín, que andaban un tanto encelados con mi buen suerte, no sé si barruntando amenazas a los cimientos de nuestra vieja amistad. ¡Qué curioso! Cuando me vienen a la cabeza los recuerdos de estos años, surgen ellos dos en primer lugar, antes que nadie, antes incluso que Maddalena. Sin embargo, nuestras derrotas estaban amenazadas por rumbos de separación, y esto dejaba un aire sutil de tristezas flotando en derredor.

Acabamos por fin en la casona nuestro trabajo para Gaztañeta, y enviamos a Guarnizo los pliegos definitivos. El maestro nos indicó que el general había quedado muy conforme con nuestros esfuerzos, pero que debía pasar a Madrid con cierta urgencia para atender cuestiones de gobierno de la mayor gravedad. La últimas noticias de la campaña en Cerdeña hablaban de venturosas novedades:

Guevara había esperado al remiso Marí en cabo Pulla, y juntos habían dado comienzo al sitio contra las fuerzas del virrey Buxadós. Aunque se avanzaba lento, las perspectivas eran buenas, y esto mantenía el ánimo entre los italianos del palacio.

Esperábamos del maestro alguna diligencia para nuestro embarque. Pero como para estos asuntos no había fecha, yo me hice cuenta de que aquel resto del verano era todo el tiempo del mundo, y no reparé en mejor cosa que disfrutar intensamente de aquellas jornadas.

El día lo pasaba con los amigos, apurando la copa de la juventud. Al atardecer me escapaba con Maddalena y dábamos largos paseos, sentándonos a ver el ocaso desde las recogidas lastras de La Arena, metiéndonos por recónditos vericuetos donde nadie podía seguirnos. En estas conversaciones ella me iba descubriendo el mundo del que procedía y en el que se había educado desde la cuna: me hablaba de recepciones y fiestas, del trato con la nobleza de mayor alcurnia de Nápoles o Milán, del roce con importantes personajes, políticos, artistas, y pensadores que rondaban alrededor de las más distinguidas casas de la nobleza en toda Europa. Yo, de todos estos asuntos de grandezas nada sabía, como puede vuesa paternidad calcular. Pero ahora ya no me incomodaban las diferencias, ni me hacían sentir inferior: había superado los antiguos complejos. Me resultaba fácil imaginar a Maddalena moviéndose en estos elevados ambientes, con su serenidad callada y prudente. Pero esto no me desplazaba de ella, antes al contrario, su sereno contacto me daba seguridad, realzaba y ponía en valor mis pequeños méritos. Yo para ella era *il suo capitano*, un paladín llamado a protagonizar grandes gestas marineras; y no había cristiano o hereje que pudiera hacerme sombra. ¡Maravillosa ceguera!

Páter, cada alma tiene reservado un tiempo de esplendor, unos fugaces momentos en los que adquiere brillo intenso entre sus semejantes. Digo tal, porque con ello se explicaría el respeto con el que me trataban las hermanas de Maddalena, sus tías, e incluso alguno de los caballeros italianos. También gozaba de consideración en el palacio, aprecio que la propia señora doña Francisca Rosa me dispensaba cuando por allí debía presentarme. Recuerdo que, en una ocasión en la que acudí con el tío Diego y don Tomé, se pusieron a hablar todos en voz baja. En un momento la señora giró la cabeza hacia mí, y sonriendo les dijo a ambos:

—Este mozo tiene algo, ¿no es así Arce? Repare vuesa merced en como maese Nogueira lo advirtió hace tiempo. Los franceses tienen un nombre para esto...

—Yo sólo hablo castellano, querida prima —contestaba el avellanado don Diego.

Mientras tanto, yo, ¿de qué podía hablarle a mi amada que no resultara vano o vulgar? No era mi mundo comparable al suyo, ni mis relaciones, ni mis conocimientos, ni mis experiencias. Pero ella insistía en escuchar, en asomarse curiosa sobre mis incumbencias. Y entonces de mi boca brotaban palabras de las que incluso yo llegaba a sorprenderme. Me calentaba en nuestra conversación, y fluían complicadas ideas de mi mente, enrevesados pensamientos acerca del mundo que hasta entonces me había rodeado. Ella me obligaba a pensar, con su penetración me hacía plantearme preguntas de difícil respuesta. Una tarde, me inquirió de repente:

—¿Cuál es la decisión más importante que has tomado en tu vida?

Quedé parado, no supe qué decir. Por un momento, jugué con la idea de contestarle: «la decisión más importante que he tomado ha sido quererte a ti». Pero enseguida me pareció que esto sonaría hueco y almibarado, más propio de la máquina de sosadas de Cané. Pensándolo seriamente, podía decirse que la única voluntad cierta que yo había seguido hasta entonces era la de echar mi vida en la mar; y ni siquiera era esto una decisión racional, ni podía decirse que fuera todavía más que una ilusión. Sin llegar a responder, me fui sumiendo en una extraña desazón, porque verdaderamente no encontraba entre mis decisiones ninguna relevante. Me ofusqué un poco, pensando que de esta contestación dependían algunas cosas importantes entre nosotros. Cuando me hallaba definitivamente sin palabras, ella afirmó de sí misma:

—Yo nunca he tomado una seria decisión. Y no sé si alguna vez seré dueña de ellas.

Quedé en silencio. No era el asomo de una rebeldía, sino una serena declaración, como un aviso. En su mirar posado sobre el horizonte no palpitaban fuerzas capaces de torcer su futuro.

*****

Una mañana clara de primeros de septiembre vino madre a sacarme de la cama con gran estrépito:

—¡Espabílate, Juan, que Dimas anda loco!

Salté del lecho y corrí a vestirme, sin saber muy bien lo que estaba pasando. En saliendo al corral, todavía dormido, tropecé con Martín, que llegaba en ese preciso instante a buscarme. Por el camino abajo, me explicó:

—El viejo se ha subido al tejado de la ermita, y dice que no hay un dios que lo baje.

—Ya estamos. ¿Y qué razones...? —demandé yo

Martín contestó con sorna:

—Ya le oirás: ni Cané con toda su fantasía mejoraría un punto sus motivos.

Bajamos raudos hacía la ermita de San Cosme y San Damián, que a la sazón comenzaba entonces a orearse para la festividad próxima. Cuatro beatas del lugar se encargaban junto a las niñas del coro de adecentar el altar, de prender flores y lavar las ropas. Mi tío Sebastián andaba también allí, reparando la espadaña que se había caído con los vendavales, y rematando la pila de agua bendita. Llegamos debajo del nogal de Roque, donde se habían juntado todos los presentes mirando a la cumbre. Las viejas chillaban debajo y gesticulaban teatrales:

—¡Ese hombre, que se va a matar!

Mi tío seguía pendiente de su industria con toda la parsimonia del mundo. Arrastrando una carga de piedras, pasó por delante de la puerta. Sin mudar un punto la expresión, contestó a la concurrencia con aire divertido:

—¡Quia! Ese mochuelo no se cae, no...

Se escuchó entonces un turbio rezongar desde lo alto, una respuesta de tono imperioso, hablando en términos de poco sentido y menudeando los disparates. Al tiempo, se sentían los pasos del pobre loco por el tejado.

—¿Qué dices ahí, sarnoso? —gritaba alguno de los ayudantes de mi tío, entre las risas de todos.

Las viejas se escandalizaban de las temeridades de Ventolada, y al tiempo de las falta de caridad de aquellos patanes.

—¡Digo que tu madre es una rata y tu padre un...!

Las carcajadas resonaban por todo el barrio.

—Por favor, Juan, háblale y que baje. —decían las niñas asustadas.

Di la vuelta a la ermita, dejando a todos en el barullo de la portalada. Me encaramé a una vieja encina que extendía sus ramas más altas sobre el tejado, donde alcanzaba a estar cerca de la cumbre. Al escucharme llegar, el viejo se sentó en el alero. Abrazó sus rodillas y fijó la mirada en el horizonte, con aire ofendido. Le pregunté:

—¿Qué te han hecho, Dimas?

—Tu tío es un follón y un embustero. —me contestó sin mirar—. Dice que la ermita no es nuestra, que es de unos frailes cabrones que ahí lo han dejado escrito.

Señaló abajo, hacia la puerta. Sin volver la mirada, añadió:

—Dicen que ahí pone que «Margotedo es de Santoña». ¡Eso es una bellaquería! —casi lloraba.

Yo recordé la añosa inscripción grabada en el frontón del pórtico. Era inútil explicarle al viejo que, si alguna vez esa piedra verdeada de musgo fue importante, ahora significaba bien poca cosa. Iba a ofrecerle cualquier argumento que le hiciera serenarse, pero me dio por pensar.

Dimas nació en el valle, y allí había vivido su larga existencia. La ermita estaba allí cuando él vino al mundo, y si Dios no disponía mejor cosa, allí estaría en el día de su muerte. En ella le habían bautizado, en ella rezó de niño y allí enterró a sus padres. Como la misma ría, los prados y el Molino de Viento, aquel pequeño espacio sagrado, de cuyo origen nadie guardaba memoria, vería el paso de nuevas generaciones, de otros hombres que la harían suya. Unos rancios legajos escondidos en algún monasterio tal vez mudarían de manos, los escribanos gastarían su tinta y las inscripciones de la piedra se borrarían. Pero la tierra sigue.

Él continuó hablando solo, con fuertes voces, dibujando admoniciones en el aire con el dedo índice extendido:

—Lo tengo pensado: el día de la fiesta le arranco la barba al predicador de Montehano. ¡A ver entonces de quién es la ermita!

Del otro lado estallaban las carcajadas de los canteros y algún chillido de las beatas fingiendo escándalo. La ignorancia y la mezquindad son hermanas, y ambas parientes de la barbarie. Entonces se me ocurrió de pronto:

—Dimas, tú no sabes leer, y ellos tampoco: allí lo que dice realmente es «Santoña es de Margotedo», y no al contrario. Baja, anda.

Se me quedó mirando, perplejo. Levantó una ceja y preguntó escamado:

—¿Eso es verdad? Me engañas, Juan.

—No hay tal, Dimas. Está en latín —dije, como para redondear el argumento—. Mañana bajamos a Meruelo y preguntamos a don Domingo, el procurador. Nadie lo quiere reconocer, pero realmente lo que pasa es que Santoña es nuestra. Lo dicen los libros y hasta las piedras, ya ves.

Quedó pensativo, pero la gravedad de mi semblante pudo con sus reservas. Se cuadró brazos en jarras y rompió a reír, con tan grandes carcajadas que se le doblaban las rodillas. Cuando se pudo por fin controlar vino hacia el árbol mansamente, y saltando por sus ramas llegó conmigo al suelo.

*****

Ya le dije que pasaron hechos extraordinarios, y no todos fueron felices. El otoño se acercaba camuflado en tardes ventosas, raras. Yo pasaba largos ratos después del almuerzo sentado en la cerca, mirando al norte.

El día de la Virgen de Puerto vi a mi padre subiendo por el callejo, arrastrando un andar dolido. No era necesario que hablara: su cara era la máscara de la desgracia, que yo veía por primera vez en mi vida.

Hugo había muerto.

Nadie supo que pasó con certeza, tan súbito fue todo. Se llamó a don Juan Antonio, pero estaba de Dios que no se alcanzara un remedio. Las fiebres le habían sorprendido, arrasándole como una marea viva. En tres días de vómitos y convulsiones su débil naturaleza se cansó de luchar, y nos dejó casi sin avisar. Nadie, ni su familia siquiera, tuvo tiempo para hacerse a una despedida.

Mi padre estaba frente a mí, reflejando como un espejo mi propia pena. Su rostro me transmitía un mensaje eterno. Al fondo recuerdo a mi madre quitándose un delantal. Salí corriendo hacia el monte, atravesando los zarzales, saltando cárcavas. El mundo se ha convertido en un escenario irreal, sin sonidos: allí alrededor siguen nuestros paisajes, el soto de Munar donde nos cobijábamos, al fondo la ría, nuestra ría....Y ahora me dicen que se ha ido. ¡No, no es eso posible! ¡Eso ayer no era así, y sin embargo hoy...! El tiempo es un extraño instrumento con el que Dios se complace en torturarnos.

Vi la llegada de la noche desde el monte, deambulando sin rumbo, con el rostro bañado en lágrimas. Lloré con mucha pena pensando en su caminar cojeante y solitario por la Eternidad, echándome en falta. Al tiempo me alcanzaban nuestros antiguos recuerdos, que parecían ya de la existencia de otros. Me senté bajo los viejos pinos, andando con la mirada el sendero que llevaba desde Munar hasta su casa en Roduero. Traté de pactar con Dios un milagro que me lo devolviera, a cambio de lo que fuera, de mi más preciado tesoro: del amor de Maddalena.

Pero veíanse a lo lejos ríos de candiles que desembocaban en su puerta: los vecinos de Bareyo, de Meruelo, de todos los alrededores acudían a acompañar el dolor de aquella casa. Dios es terco en sus determinaciones.

Esa noche enterré la infancia.

*****

Pasaron los días. Llegó el final de septiembre como llega un ladrón en la noche, y me alcanzó por fin esa tristeza otoñal imposible de esquivar. Una tarde alcancé el alto de Isla, y vi en el palacio movimiento de carruajes. Corrí ladera abajo y llegué a nuestro lugar de cita en el patio de los limoneros, donde se hacían remolinos de hojas muertas sobre el suelo mojado. Maddalena me anunció que partían algunos caballeros, reclamados por el cardenal Alberoni para servir los altos intereses de las corona en la Cerdeña reconquistada. Poco después se iría el resto del cortejo hacia París. De golpe comprendí que se acababa aquel tiempo de felicidad, y que tras la dulce pleamar sobre las marismas, de nuevo movíanse las aguas en su eterno reflujo.

Isla quedaría como un triste paisaje sin colores para mí, después de haber sido Cítera. Ya nada volvería a ser lo mismo.

18 de mayo de 1.749

ACAECIMIENTOS

....

Tras la observación de la meridiana, doy por buena la latitud de 25°-28´N que estimaba el buen Varela. A la vista del serviola se aparece una magnífica vela por la amura de estribor, que no puede ser sino el primero de los cayos al sur de las Bemini, que esta morralla no conoce. Mando virada a rumbo norte, para pasar de bolina ardiente lo que queda del canal. La corriente es favorable ya de 4 nudos, pero refresca el NE.

En este punto estoy cansado de recordar; dejo al padre Lara ocupado con mi relato, ansioso por conocer los siguientes episodios. Cuando pasemos las incumbencias de estos rumbos tan propicios a los abatimientos, volveremos a nuestros diálogos.

Hay que seguir. Siempre avante.

....

FIN DE LA PRIMERA ENTREGA

Printed in Great Britain
by Amazon

83735845R00098